A MÚSICA
~ DO ~
SILÊNCIO

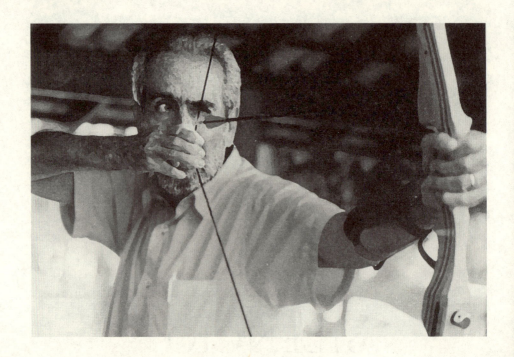

O ARQUEIRO

GERALDO JORDÃO PEREIRA (1938-2008) começou sua carreira aos 17 anos, quando foi trabalhar com seu pai, o célebre editor José Olympio, publicando obras marcantes como *O menino do dedo verde*, de Maurice Druon, e *Minha vida*, de Charles Chaplin.

Em 1976, fundou a Editora Salamandra com o propósito de formar uma nova geração de leitores e acabou criando um dos catálogos infantis mais premiados do Brasil. Em 1992, fugindo de sua linha editorial, lançou *Muitas vidas, muitos mestres*, de Brian Weiss, livro que deu origem à Editora Sextante.

Fã de histórias de suspense, Geraldo descobriu *O Código Da Vinci* antes mesmo de ele ser lançado nos Estados Unidos. A aposta em ficção, que não era o foco da Sextante, foi certeira: o título se transformou em um dos maiores fenômenos editoriais de todos os tempos.

Mas não foi só aos livros que se dedicou. Com seu desejo de ajudar o próximo, Geraldo desenvolveu diversos projetos sociais que se tornaram sua grande paixão.

Com a missão de publicar histórias empolgantes, tornar os livros cada vez mais acessíveis e despertar o amor pela leitura, a Editora Arqueiro é uma homenagem a esta figura extraordinária, capaz de enxergar mais além, mirar nas coisas verdadeiramente importantes e não perder o idealismo e a esperança diante dos desafios e contratempos da vida.

Patrick Rothfuss

A MÚSICA ~DO~ SILÊNCIO

Título original: *The Slow Regard of Silent Things*
Copyright © 2014 por Patrick Rothfuss
Copyright da tradução © 2014 por Editora Arqueiro Ltda.

Todos os direitos reservados. Nenhuma parte deste livro pode ser utilizada ou reproduzida sob quaisquer meios existentes sem autorização por escrito dos editores.

tradução: Vera Ribeiro
preparo de originais: Taís Monteiro
revisão: Flora Pinheiro e Gabriel Machado
projeto gráfico e diagramação: Natali Nabekura
adaptação de capa: Miriam Lerner
imagem de capa: Marc Simonetti
impressão e acabamento: Bartira Gráfica

CIP-BRASIL. CATALOGAÇÃO NA FONTE
SINDICATO NACIONAL DOS EDITORES DE LIVROS, RJ

R755m
  Rothfuss, Patrick, 1973-
    A música do silêncio/Patrick Rothfuss; tradução Vera Ribeiro.
São Paulo: Arqueiro, 2014.
    144 p.: il.; 16 x 23 cm.

  Tradução de: The slow regard of silent things
  ISBN 978-85-8041-353-3

  1. Ficção americana. I. Ribeiro, Vera. II. Título.

14-17419   CDD: 813
                                            CDU: 821.111(73)-3

Todos os direitos reservados, no Brasil, por
Editora Arqueiro Ltda.
Rua Artur de Azevedo, 1.767 – Conj. 177 – Pinheiros
05404-014 – São Paulo – SP
Tel.: (11) 2894-4987
E-mail: atendimento@editoraarqueiro.com.br
www.editoraarqueiro.com.br

Para Vi, porque sem ela talvez não houvesse história alguma.
E para Tunnel Bob, pois sem ele não existiria Auri.

Sumário

9 • Prefácio do autor

11 • O fundo bem profundo das coisas

39 • O que um olhar acarreta

57 • Linda e quebrada

63 • Um lugar aprazível bem incomum

71 • Vazio

72 • A escuridão raivosa

89 • Freixo e borralho

103 • Tudo conforme o desejo dela

105 • A maneira graciosa de agir

116 • O coração oculto das coisas

126 • Coda

128 • Nota final do autor

Prefácio do autor

Talvez você não queira comprar este livro.

Eu sei, não se espera que um autor diga esse tipo de coisa. O pessoal do marketing não vai gostar. Minha editora terá um ataque. Mas prefiro ser honesto com você logo de saída.

Primeiro, se você não leu meus outros livros, é melhor não começar por este.

Os dois primeiros são *O nome do vento* e *O temor do sábio*. Se você tem curiosidade de conhecer o que escrevo, comece por eles. São a melhor introdução ao meu mundo. Este livro fala sobre Auri, uma das personagens daquela série. Sem o contexto daqueles livros, provavelmente você se sentirá bem perdido.

Segundo, mesmo que *tenha* lido meus outros livros, acho justo avisar que esta é uma história um pouquinho estranha. Não gosto muito de dar *spoilers*, mas basta dizer que esta aqui é... diferente. Não tem um monte de coisas que costuma haver em uma história clássica. E, se você estiver esperando uma continuação da história do Kvothe, não vai encontrá-la aqui.

Por outro lado, se quiser saber mais sobre a Auri, este livro tem muito a lhe oferecer. Se você gosta de palavras e mistérios e segredos. Se sente curiosidade sobre os Subterrâneos e a alquimia. Se deseja conhecer melhor os meandros ocultos do meu mundo...

Bem, nesse caso, talvez este livro seja para você.

O fundo bem profundo das coisas

Quando acordou, Auri soube que tinha sete dias.
Sim. Tinha certeza. Ele chegaria para uma visita no sétimo dia.

Um longo tempo. Longo para esperar. Mas não muito longo para tudo o que precisava ser feito. Não se ela fosse cuidadosa. Não se quisesse estar pronta.

Ao abrir os olhos, Auri viu uma nesga de luz. Coisa rara, já que estava bem escondidinha no Manto, o mais íntimo dos seus lugares. Era um dia branco, portanto. Um dia profundo. Dia de achar. Ela sorriu, com o peito efervescendo de animação.

A luz era suficiente apenas para ela ver a forma pálida de seu braço quando os dedos acharam o vidro de conta-gotas, na prateleira de cabeceira. Auri o abriu e deixou cair apenas uma gota no prato de Foxen. Após um momento, ele começou a se iluminar aos poucos, até chegar a um pálido azul-crepúsculo.

Auri afastou o cobertor, movendo-se com cautela para que ele não encostasse no chão. Desceu da cama e sentiu o piso de pedra aquecer-se sob seus pés. Sua bacia descansava sobre a mesa junto à cama, ao lado de uma lasca do seu sabonete mais doce. Nada havia mudado durante a noite. Isso era bom.

Auri pingou outra gota bem em cima de Foxen. Hesitou, depois sorriu e deixou cair uma terceira gota. Nada de meias medidas num dia de achar. Recolheu então o cobertor e foi fazendo uma dobra após outra, prendendo-o com cuidado sob o queixo para que não roçasse no chão.

A luz de Foxen continuou a aumentar. Primeiro, uma simples cintilação: um pontinho, uma estrela distante. Em seguida, uma parte maior dele foi ficando iridescente, com a intensidade de um pirilampo. E mais e mais cresceu seu fulgor, até ele tremular inteiro de brilho. Então, sentou-se orgulhoso em seu prato, parecendo uma brasa azul-esverdeada, um pouco maior que uma moeda.

Auri lhe sorriu enquanto ele acabava de se levantar e inundava o Manto inteiro com sua mais fiel e mais brilhante luz branco-azulada.

Em seguida, Auri olhou em volta. Viu sua cama perfeita. Do seu tamanho exato. Exatinho. Contemplou sua cadeira. Sua caixa de cedro. Sua minúscula xícara de prata.

A lareira estava vazia. E no console acima dela se encontravam sua folha amarela, sua caixa de pedra e seu pote de vidro cinzento, cheio de alfazema doce desidratada. Nada era nada mais. Nada era nada que não devesse ser.

Havia três saídas do Manto. Um corredor e um portal e uma porta. Esta última não era para ela.

Auri tomou o portal rumo ao Porto. Foxen continuava descansando em seu prato, por isso a luz ali era mais tênue, porém ainda forte o bastante para se enxergar. O Porto não andava muito movimentado nos últimos tempos, mas, ainda assim, Auri verificou cada coisa ao redor. No suporte para garrafas de vinho descansava a metade de um prato de porcelana quebrado, não mais grossa que uma pétala de flor. Abaixo dele ficavam um livro in-oitavo encadernado em couro, um par de rolhas, uma bolinha de barbante. Mais para um lado, a refinada xícara branca que pertencia a ele o esperava, com uma paciência que Auri invejou.

Na estante da parede havia uma gota de resina amarela num prato. Uma rocha preta. Uma pedra cinzenta. Um pedaço plano e liso de madeira. Separado de todo o resto ficava um potinho minúsculo, com a tampa hermética aberta como um pássaro faminto.

Na mesa central via-se um punhado de drupas de azevinho sobre uma toalha branca e limpa. Auri fitou-as por um momento e as levou para a estante, um poleiro para o qual eram mais adequadas. Correu os olhos pela sala e meneou a cabeça em sinal afirmativo. Tudo certo.

De novo no Manto, lavou o rosto, as mãos e os pés. Tirou a camisola e a dobrou, pondo-a em sua caixa de cedro. Espreguiçou-se, feliz, levantando os braços e se erguendo bem alto nas pontas dos pés.

Pôs então seu vestido favorito, o que ele lhe dera. Tinha um toque suave em sua pele. O nome dela ardia como fogueira em seu peito. Aquele seria um dia atarefado.

AURI APANHOU FOXEN E O CARREGOU aninhado na palma da mão. Atravessou o Porto, esgueirando-se por uma rachadura denteada na parede. Não era uma passagem larga, mas Auri era tão pequena que mal precisou virar os ombros para não roçar nas pedras quebradas. Não foi nem de longe um aperto.

Van era um cômodo alto, com paredes retas e brancas de pedras encaixadas, um lugar de ecos vazios, exceto pelo espelho de corpo inteiro. Nesse dia, porém, havia mais uma coisa: uma delicadíssima nesga de sol. Ela se infiltrava pelo topo de um portal em arco repleto de escombros: madeira quebrada, blocos de pedra caídos. Mas ali, bem no alto, uma manchinha de luz.

Auri parou diante do espelho e pegou a escova de cerdas, pendurada na moldura de madeira. Escovou os fios emaranhados pelo sono até o cabelo cair a seu redor feito uma nuvem.

Fechou a mão sobre Foxen e, sem a luminosidade azul-esverdeada que ele emitia, o quarto ficou escuro como a escuridão. Auri arregalou os olhos e não conseguiu ver nada além do vago e suave borrão de luz cálida que se derramava para lá dos detritos, muito acima e atrás dela. A pálida luz dourada ficou presa em sua pálida cabeleira dourada. Auri sorriu para seu reflexo no espelho. Parecia o sol.

Levantando a mão, revelou Foxen e pulou depressa para o labirinto espalhado da Rubrica. Não levou nem um minuto para achar um cano de cobre com o tipo certo de revestimento de pano. Mas encontrar o *lugar* perfeito, bem, esse era o xis da questão, não era? Ela seguiu o cano pelos túneis redondos de tijolo vermelho ao longo de quase um quilômetro, tomando o cuidado de não o deixar escapulir por entre os inúmeros outros canos entrelaçados.

E então, sem o menor indício de aviso, o cano dobrou bruscamente e mergulhou direto na parede, abandonando-a. Que grosseria. Havia inúmeros outros canos, é claro, mas os fininhos, de estanho, não tinham nenhum revestimento. Os de aço polido, gelados, eram novos demais. Os de ferro eram tão sôfregos que chegava a ser quase embaraçoso, cobertos de puro algodão, o que significava mais trabalho do que ela estava disposta a ter naquele dia.

Assim, seguiu um cano gordo de cerâmica que avançava, desajeitado. Ele acabou se enfurnando sob o chão, mas, no ponto em que fez a curva, seu envoltório de linho ficou solto e esfarrapado como a camisa de um menino maltrapilho. Auri sorriu e desenrolou a tira de tecido com dedos suaves, tomando enorme cuidado para não rasgá-la.

Acabou por soltá-la. Perfeita. Um pedaço único e diáfano de linho acinzentado do comprimento do braço de Auri. Estava cansado, mas bem-disposto; depois de dobrá-lo bem, Auri deu meia-volta e disparou feito louca pelo Umbroso, cheio de ecos, e desceu mais e mais até o Doze.

O Doze era um dos raros lugares mutáveis dos Subterrâneos. Era sábio o bastante para se conhecer, corajoso o bastante para *ser* ele mesmo e impetuoso o bastante para se modificar, ainda que, de algum modo, se mantivesse inteiramente correto. Era quase único nesse aspecto e, embora nem sempre fosse seguro ou bondoso, Auri não podia deixar de sentir afeição por ele.

Naquele dia, o arco alto do espaço estava exatamente como ela havia esperado: animado e luminoso. O sol entrava feito uma lança pela grade no topo e batia no vale profundo e estreito do lugar cambiante. A luz se infiltrava por canos, vigas de sustentação e pela linha reta e forte de uma antiga passarela de madeira. O longínquo barulho da rua descia até o fundo bem profundo das coisas.

Auri ouviu o som de cascos de cavalo nas pedras do pavimento, nítido e redondo como um estalar de dedos. Escutou o ribombar distante de uma carroça que passava e a mistura indistinta de vozes. E em tudo se entremeava o choro agudo e aborrecido de um bebê, que obviamente queria o peito e não estava sendo atendido.

No fundo do Doze Amarelo havia um poço comprido e fundo, de água lisa como vidro. A luz do alto era tão forte que deixava Auri ver toda a descida, até o segundo emaranhado de canos sob a superfície.

Ela já tinha palha ali, e três garrafas esperavam numa prateleira estreita de pedra numa das paredes. Ao observá-las, porém, Auri franziu a testa. Havia uma verde, uma marrom e uma transparente. Havia uma tampa larga de pressão, uma tampa cinza de torcer e uma rolha gorda como um punho. Todas tinham formas e tamanhos diferentes, mas nenhuma era propriamente certa.

Exasperada, Auri levantou as mãos.

Então, voltou correndo ao Manto, pés descalços batendo na pedra. Lá chegando, olhou para o pote de vidro cinzento em que ficava a alfazema. Pegou-o, examinou-o criteriosamente e o repôs em seu lugar antes de sair correndo outra vez.

Cruzou o Porto às pressas, agora saindo pelo portal inclinado, em vez de pela rachadura na parede. Subiu contorcendo-se pelo Vime enquanto Foxen lançava sombras extravagantes nas paredes. Quando ela corria, o cabelo a seguia, esvoaçante como uma flâmula.

Auri desceu a escada em espiral que atravessava a Casa das Trevas descendo e girando, descendo e girando. Enfim ouviu água em movimento e o tilintar de vidros e soube que havia cruzado o limiar de Tinidos. Logo depois, a luz de Foxen refletiu-se na poça turva de águas negras que engolia a base da escada.

Havia ali dois potes de vidro equilibrados sobre um nicho raso. Um azul e estreito. Um verde e atarracado. Auri inclinou a cabeça, fechou um olho e estendeu a mão para tocar no verde com dois dedos. Sorriu, pegou-o e subiu correndo a escada.

Na volta, foi pelos Saltos, para mudar de ares. Em disparada pelo corredor, saltou a primeira fissura profunda do piso partido com a agilidade de uma dançarina. Sobre a segunda, pulou com a leveza de um pássaro. Superou a terceira com a impetuosidade de uma mocinha bonita que se parecia com o sol.

Entrou no Doze Amarelo totalmente esbaforida. Enquanto recobrava o fôlego, pôs Foxen dentro do pote verde, acolchoou-o bem com a palha e travou o gancho sobre a borracha de vedação, fechando hermeticamente a tampa. Segurou o recipiente na altura do rosto, deu um sorriso, beijou o vidro e o depôs com cuidado na borda do poço.

Despiu seu vestido favorito e o pendurou num cano reluzente de latão. Sorriu e estremeceu um pouco, com peixinhos nervosos nadando em sua barriga. Depois, inteiramente nua, juntou a cabeleira flutuante com as mãos. Puxou-a para trás e a prendeu, torcendo e atando os cabelos na nuca com a velha tira de linho cinzento. Quanto terminou, havia formado um longo rabo de cavalo que lhe descia até a cintura.

Com os braços bem junto do peito, deu dois passos minúsculos e parou diante do poço. Mergulhou a ponta do dedão na água, depois o pé inteiro. Sorriu ao senti-la, fria e doce como hortelã. Em seguida, entrou parcialmente no poço, as pernas balançando acima da água. Ela se equilibrou por um instante, sustentando o peso do corpo despido sobre as mãos, longe da borda.

Mas não havia como evitar. Assim, Auri franziu os lábios e se resignou a descer o que faltava. Não havia nada de hortelã na borda fria de pedra. Foi um impacto brusco, sem graça, no traseiro tenro de sua nudez.

Então, ela se virou e começou a baixar o corpo na água. Foi descendo devagar, remexendo os pés até encontrar a pequena saliência de pedra. Agarrou-a com os dedos dos pés, mantendo-se dentro do poço com a água na altura das coxas. Respirou fundo algumas vezes, estreitou bem os olhos e arreganhou os dentes, depois soltou os pés e afundou o bumbum. Deu uns gritinhos e o frio fez todo o seu eu arrepiar-se.

Passado o pior, Auri fechou os olhos e mergulhou também a cabeça. Arfando e piscando, esfregou os olhos para afastar a água. Teve então sua grande tremedeira geral, com um braço cobrindo os seios. Mas, quando o tremor passou, sua careta tinha virado um sorriso.

Sem seu halo de cabelo, Auri sentia-se pequena. Não era a pequenez pela qual se esforçava todos os dias. Não a pequenez de uma árvore entre as árvores. De uma sombra no subterrâneo. E também não era só a pequenez do corpo. Auri sabia não haver muito dela. Quando pensava em se olhar mais de perto no espelho de pé, a jovem que via era miúda como um pivete pedindo esmolas na rua. A jovem que via era magra como a magreza. Ossos malares altos e delicados. Clavícula saliente.

Mas não. Com o cabelo puxado para trás, e ainda por cima

molhado, ela se sentia... menor. Comprimida. Embaciada. Mais frágil. Lograda. Ilusória. Aflita. Seria puro desprazer sem a tira perfeita de linho. Não fosse isso, ela não se sentiria apenas como um pavio enrolado, mas completamente desfeita, derretida. Valia a pena fazer as coisas direito.

Por fim, o último de seus tremores cessou. Ainda havia peixes se revirando na barriga, mas seu sorriso era ansioso. A luz dourada do dia, vinda do alto, batia no poço, reta e brilhante e firme como uma lança.

Auri inspirou fundo, depois expeliu o ar, remexendo os dedos dos pés. Tornou a respirar profundamente e expirou mais devagar.

Fez o mesmo pela terceira vez. Segurou o gargalo do vidro de Foxen numa das mãos, soltou a borda de pedra do poço e mergulhou por completo.

———◆———

O ÂNGULO DA LUZ ERA PERFEITO, e Auri viu com extrema clareza o primeiro emaranhado de canos. Veloz como um peixinho prateado, girou o corpo e os atravessou, deslizando suavemente, sem se deixar tocar por nenhum.

Abaixo desse vinha o segundo emaranhado. Auri afastou com o pé um velho cano de ferro para continuar a descer, depois, ao passar, puxou uma válvula com a mão livre, mudando de velocidade e deslizando pelo espaço estreito entre dois canos de cobre da espessura de um pulso.

A luz em lança esmaeceu à medida que ela foi afundando, e sobrou apenas o brilho azul-esverdeado de Foxen. Mas ali o cintilar dele se tornava desbotado, filtrado pela palha, pela água e pelo vidro verde grosso. Auri fez um O perfeito com a boca e soprou duas carreiras rápidas de bolhas. A pressão aumentou com a descida, e algumas formas pairaram vagamente perto dela no escuro. Uma velha passarela, uma laje inclinada de pedra, uma antiga viga de madeira coberta de algas.

Seus dedos estendidos encontraram o fundo antes de seus olhos, e Auri deslizou a mão pela superfície entrevista do leito liso de pedra. Para lá e para cá. Para lá e para cá. Rápida, mas atentamente. Às vezes havia coisas cortantes por ali.

Ela fechou os dedos em torno de algo comprido e liso. Um bastão? Auri o encaixou embaixo do braço e se deixou boiar de volta para a luz distante, lá em cima. Com a mão livre, encontrou canos conhecidos e foi puxando e conduzindo, ziguezagueando pelo labirinto de formas vislumbradas. Seus pulmões começaram a doer um pouco e ela soltou uma fileira de bolhas ao subir.

Seu rosto rompeu a superfície perto da borda e, à luz dourada, ela viu o que tinha encontrado: um osso branco e limpo. Comprido, mas não era de uma perna. Um braço. O *primus axial*. Auri correu os dedos por toda a extensão e sentiu uma emenda minúscula, que corria em toda a circunferência como um anel, mostrando que ele já fora quebrado e cicatrizara havia muito tempo. Era cheio de sombras agradáveis.

Sorrindo, Auri o pôs de lado. Depois, respirou fundo três vezes, bem devagar, segurou Foxen com firmeza e tornou a mergulhar no poço.

Dessa vez, entalou o pé entre dois canos, perto do segundo emaranhado. Que azar! Franziu a testa e puxou; após meio instante, conseguiu libertar-se. Soltou metade do ar dos pulmões e bateu os pés com força, afundando feito uma pedra no fundo negro.

Apesar do mau começo, foi uma captura fácil. Seus dedos tocaram um emaranhado de uma coisa ou outra antes mesmo de chegarem ao fundo. Ela não fazia ideia do que era. Algo metálico, escorregadio e duro, tudo ao mesmo tempo. Auri acomodou o objeto junto ao peito e recomeçou a subir.

Dessa vez, não pôde enfiar seu achado embaixo do braço, por

medo de perder alguma parte dele. Assim, aninhou o vidro com Foxen na dobra do braço e deu impulso para cima com a mão esquerda. Foi uma sensação boa, equilibrada, e ela chegou à superfície sem nem ter que soltar o resto do ar.

Estendeu o emaranhado na borda do poço: um cinto velho, com uma fivela de prata tão manchada que estava preta feito carvão. Um galho folhoso, com um caramujo perplexo. E por último, mas não menos importante, presa num pedaço de corda podre, toda enroscada no galho, uma chave fina, do tamanho do seu dedo indicador.

Auri beijou o caramujo e pediu desculpas antes de devolver o galho à água, que era o seu lugar. O couro do cinto estava todo enrolado, mas com um simples puxão a fivela se soltou. Os dois ficaram melhor assim.

Agarrada à borda de pedra do poço, agora Auri tinha sido tomada por ondinhas de tremor, que se deslocavam por seus ombros e seu peito. Os lábios tinham passado de rosa-vivo a um rosa pálido, com um toque de roxo.

Ela pegou o vidro de Foxen e checou se estava bem vedado. Olhou para a água, os peixinhos na barriga nadando, animados. A terceira vez era a que valia.

Auri respirou fundo e tornou a mergulhar, o corpo rodopiando suavemente, a mão direita encontrando todos os pontos de apoio amigos. Descendo para a escuridão. A pedra. A madeira. Depois, nada além da tênue luz de Foxen, que coloria a mão estendida dela de um pálido azul-esverdeado. Devia estar parecendo uma ninfa das águas.

Os nós de seus dedos roçaram o fundo e ela girou um pouco para se orientar. Bateu os pés e moveu a mão, vasculhando de leve o chão de pedra negra do poço. Viu então um lampejo de luz e seus dedos esbarraram em algo sólido e frio, de contornos definidos e lisos. Estava cheio de amor e de respostas, tão cheio que ela os sentiu vazarem a seu mais leve toque.

Durante o período de dez fortes batidas do coração, Auri achou que o objeto devia estar preso à pedra. Depois, ele deslizou e ela se deu conta da verdade. Era pesado. Após um momento longo e escorregadio, descobriu um jeito de levantá-lo com seus dedos pequeninos. Era um metal sólido, grosso como um livro. Tinha um formato estranho e pesava como uma barra de irídio puro.

Auri o levou ao peito e sentiu as bordas afundarem em sua pele. Então, dobrou os joelhos e deu um forte impulso para cima com os dois pés, olhando para o luzir distante da superfície.

Bateu os pés sem parar, mas mal pareceu se mover. A coisa metálica pesava, puxando-a para baixo. Seu pé bateu com força num cano grosso de ferro, e Auri aproveitou para se posicionar e dar outro impulso. Sentiu um ímpeto de movimento, que diminuiu assim que seus pés deixaram o cano para trás.

Agora os pulmões lutavam contra ela. Ainda meio cheios, os tolinhos queriam ar. Ela soltou um punhado de bolhas na tentativa de enganá-los, sabendo que cada bolha perdida a empurraria para baixo e que ainda não estava nem perto do emaranhado inferior.

Tentou deslocar a coisa metálica para a dobra do braço, a fim de poder usar a mão para dar impulso. Na tentativa, porém, o metal liso escorregou um pouco em seus dedos. No pânico repentino que se seguiu, ela o agarrou, atrapalhou-se, e o vidro de Foxen esbarrou em alguma forma invisível, escorregando e se soltando da mão de Auri.

Ela tentou pegá-lo com a mão livre, mas os nós de seus dedos só fizeram empurrar Foxen para mais longe. Por um instante, Auri ficou paralisada. Deixar o metal cair seria impensável. Mas Foxen... Ele estava em sua companhia desde sempre...

Auri viu o vidro de Foxen ser apanhado em um redemoinho e rodopiar para fora do seu alcance, atrás de um trio de canos inclinados de cobre. Àquela altura, seus pulmões estavam zangados. Ela trincou os dentes e agarrou a saliência de uma pedra próxima com a mão agora livre, impulsionando o corpo para cima.

Os pulmões arfavam com força, de modo que ela foi soltando lentamente o ar, apesar de ainda nem ter vislumbrado o emaranhado inferior. Estava escuro sem Foxen, porém ao menos ela continuava em movimento, subindo com arrancos desajeitados, usando qualquer ponto de apoio desconhecido que conseguia encontrar. Batia os pés, mas isso não adiantava muito, sobrecarregada como estava com o pesado pedaço de amor contundente e duro que levava junto ao peito com tanta força. Seriam as respostas contidas nele que lhe davam tanto peso?

Por fim, Auri arrastou-se para o emaranhado inferior de canos, mas agora seus pulmões estavam vazios e o corpo pesava feito chumbo. Em geral ela se contorcia por entre o emaranhado feito um peixe, sem que o corpo sequer roçasse os canos. Mas estava pesada e sem ar. Com uma das mãos, tateou e lutou para achar o caminho entre os tubos. Bateu com o joelho e raspou freneticamente as costas por algo áspero de ferrugem. Esticou um braço, mas, por causa do peso, seus dedos não chegaram nem a roçar no apoio habitual.

Auri bateu os pés, ganhou mais uns 5 centímetros e então, embora o houvesse amarrado com todo o cuidado, seu cabelo prendeu em alguma coisa. O puxão repentino a fez parar, jogando-lhe a cabeça para trás e fazendo seu corpo girar de lado na água.

Quase de imediato, ela sentiu que começava a afundar. Contorceu-se furiosamente. Bateu com a canela num cano, o que fez todo o seu eu formigar de dor, mas procurou depressa a tubulação com o outro pé, posicionou-se e deu um impulso *forte*. Espocou como uma rolha, depressa o bastante para seu cabelo se soltar de qualquer que fosse a coisa grosseira que o havia prendido. O puxão violento lhe abriu a boca à força.

Nesse momento, Auri começou a se afogar. Com a boca cheia d'água, engasgou-se e sufocou. Mas, enquanto o líquido lhe enchia o nariz e a garganta, não houve nada que ela temesse mais do que perder a firmeza na mão e deixar a carga de metal resvalar para a escuridão.

Perder Foxen era ruim. Ia deixá-la cega e solitária no escuro. Ficar presa sob os canos e sufocar até a morte também seria terrível. Mas nenhuma dessas coisas era *errada*. Deixar o metal deslizar para a escuridão simplesmente não podia acontecer. Era algo impensável. Era tão disparatado que a aterrorizava.

Seu cabelo agora estava livre e girava em torno dela na água, feito uma nuvem de fumaça. Auri segurou uma curva de cano, reconfortante, familiar. Ela se impulsionou para cima, agarrou-se de novo e encontrou mais um apoio. Cerrou os dentes, sufocou, puxou e agarrou.

Chegou à superfície, ofegante e cuspindo água, e tornou a deslizar para baixo.

Um segundo depois, voltou a subir, escalando, como se tivesse garras. Dessa vez, segurou a borda de pedra do poço com a mão livre.

Auri içou o objeto para fora d'água e ele bateu no chão de pedra com um som de sino. Era uma engrenagem brilhante de bronze, grande como uma bandeja. Muito mais grossa que seu polegar. Tinha um furo no meio, nove dentes e uma lacuna irregular, de onde o décimo dente fora arrancado muito tempo antes.

Estava cheia de respostas verdadeiras e de amor e luz de lareira. Era linda.

Auri sorriu e vomitou meio estômago de água nas pedras. Teve outra ânsia de vômito e virou a cabeça para que o líquido não espirrasse na luminosa engrenagem.

Depois tossiu, encheu a boca de água e a cuspiu no poço. A engrenagem jazia, pesada como um coração, nas pedras frias do Doze Amarelo. A luz que vinha do alto deixava sua superfície bruxuleante e dourada. Parecia um pedaço de sol que Auri houvesse trazido das profundezas.

Ela tornou a tossir e estremeceu. Estendeu a mão e tocou a engrenagem com um dedo. Sorriu ao fitá-la. Seus lábios estavam roxos. Ela tremia. Seu coração estava repleto de alegria.

depois de sair da água, Auri correu os olhos por todo o poço no fundo do Doze. Mesmo sabendo que as coisas não funcionavam assim, torceu para ver Foxen flutuando a esmo na superfície.

Nada.

Seu rosto assumiu uma expressão solene. Ela pensou em voltar. Mas não. Três vezes. Era assim que as coisas eram. No entanto, a ideia de deixar Foxen no escuro bastou para lhe introduzir no peito uma rachadura estreita, fina, que atravessou o coração. Perdê-lo depois de tanto tempo...

Então, Auri captou um lampejo de algo lá no fundo, bem abaixo da superfície. Uma cintilação. Um brilho. Foxen estava igualzinho a um enorme pirilampo atrapalhado, aos sacolejos e esbarrões na lenta subida por entre todos os canos emaranhados.

Ela esperou cinco longos minutos, vendo o vidro de Foxen oscilar e vagar, até finalmente espocar na superfície como um pato. E então o apanhou e o beijou. Apertou-o contra o peito. Ah, sim. Valia muito a pena fazer as coisas direito.

---

primeiro o mais importante. Auri libertou Foxen do pote de vidro e o pôs ao lado dos outros na parede. Depois, foi a Tinidos e se enxaguou na água turva. Em seguida, tomou banho, usando a lasca remanescente de uma barra de sabonete que cheirava a citerina e verão.

Depois de ensaboar, esfregar e enxaguar o cabelo, Auri mergulhou na interminável água negra de Tinidos, para se enxaguar pela última vez. Sob a superfície, algo roçou nela. Algo escorregadio e pesado encostou seu peso móvel na perna dela. O que não a incomodou. Fosse o que fosse, estava em seu lugar, e ela também. As coisas eram exatamente como deviam ser.

Limpa, pingando e espremendo o cabelo, Auri se retirou pela Decúria. Não era o caminho mais rápido, mas seria impróprio passar pelo Acastanhado sem nada além de sua pele rosada. Mesmo pegando o trajeto mais longo, porém, ela não demorou a dobrar a esquina de Assadores, com os pés molhados batendo na pedra. Pousou Foxen numa saliência de tijolo ali perto, porque ele não gostava de muito calor.

Naquele dia, os canos grossos de aço do túnel estavam quentes demais para se parar perto deles, e as paredes e o chão haviam se refestelado até também ficarem estalando de calor. Auri deu um giro lento, para não deixar que nenhuma parte de sua tenra nudez fosse assada pelo zunido rubro e silencioso que brotava dos canos. Bastaram alguns instantes para o local secar sua pele, deixar seus cabelos finos esvoaçando e expulsar os tremores de seu corpo gelado.

Depois disso, ela pegou o vestido favorito no Doze Amarelo. Enfiou-o pela cabeça e carregou todos os seus tesouros de volta ao Porto, onde os dispôs na mesa central.

O cinto de couro tinha estranhos desenhos em caracol gravados. A grande engrenagem de bronze brilhava de fora a fora. A chave era negra como o negrume. Mas a fivela era preta com um brilho por baixo. Era uma coisa oculta.

Será que a fivela seria para ele? Isso daria um bom começo para o dia. Era bom resolver as coisas com antecedência: ter o presente dele pronto faltando dias para a sua visita.

Auri examinou atentamente a fivela. Será que era um presente adequado? Ele *era* um tipo enrolado. E também muito escondido. Balançando a cabeça, ela estendeu a mão e tocou no metal escuro e frio.

Mas não. Não combinava com ele. Ela já deveria saber. Ele não era chegado a atar. A manter fechado. E não era escuro. Ah, não. Era esbraseante. Encarnado. Brilhante com um brilho maior por baixo, como ouro folheado a cobre.

A engrenagem precisaria de observação. Dava quase a impressão de que seria apropriada para ele – mas isso podia esperar. A chave necessitava de cuidados urgentes. Era, com certeza, a mais inquieta do grupo. O que não trazia a menor surpresa. As chaves estavam longe de ser conhecidas por sua complacência, e aquela praticamente implorava por uma fechadura. Auri a apanhou e a rolou nas mãos. Uma chave de porta. E não era nada tímida quanto a isso.

Chave preta. Dia branco. Ela inclinou a cabeça. A forma das coisas estava certa. Era um dia de achar, e não havia dúvida de que a pobrezinha queria muito ser cuidada. Auri assentiu para si mesma e enfiou-a no bolso do vestido.

Ainda assim, antes de sair, ajudou cada coisa a encontrar seu lugar apropriado. O cinto ficou na mesa do centro, é claro. A fivela deslocou-se e foi descansar ao lado do prato de resina. O osso aninhou-se numa proximidade quase indecente das drupas de azevinho.

Já a engrenagem era um problema. Auri colocou-a na estante de livros, depois a mudou para a mesa de canto. Ela ficou encostada na parede, com a lacuna do dente perdido apontando para cima. Auri franziu a testa. Não era exatamente o lugar apropriado.

Pegou a chave e a segurou diante da engrenagem. Preto e bronze. Ambas feitas para girar. Somadas, tinham doze dentes...

Balançou a cabeça e deu um suspiro. Recolocou a chave no bolso e deixou a grande engrenagem na estante. Não era o lugar dela, mas era o melhor que Auri podia fazer por ora.

A BANCA ERA O LOCAL MAIS PRÓXIMO, de modo que Auri foi depressa para lá, inclinando a cabeça para passar pelos portais baixos de pedra até chegar à primeira porta. Parou diante dela, segurou Foxen entre as mãos em concha e o soprou com delicadeza, atiçando sua luz. A porta de madeira era gigantesca e acinzentada pela idade, com dobradiças que não eram mais que lascas de ferrugem.

Auri tirou a chave do bolso e a segurou à sua frente, entre ela e a enorme porta cinza. Olhou para uma e outra, virou-se e se afastou, pisando de leve. Virou três vezes à esquerda e atravessou uma janela quebrada, até chegar à segunda porta, também velha e cinzenta, porém maior que a primeira. Auri mal precisou olhar para a chave e a fechadura para saber a verdade. Não estava certo. Aquelas não eram as portas adequadas. Onde, então? Na Decúria? A Porta Negra?

Ela estremeceu. A Porta Negra, não. Não num dia branco. Melhor a Galeria. Depois, a Decúria. Até Passa-Fundo. Aquela não era uma chave para a Porta Negra. Não.

Auri apressou-se pela Rubrica, virando duas vezes à esquerda e duas à direita, por razões de equilíbrio, tomando o cuidado de nunca seguir nenhum dos canos por muito tempo, para não cometer nenhuma ofensa. Em seguida veio Grilhe, com seus caminhos sinuosos e seu cheiro de enxofre. Ali ela se perdeu um pouco entre as paredes em ruínas, mas acabou virando à direita para o Derruído, um túnel estreito de terra tão íngreme que praticamente não passava de um buraco. Dali desceu correndo por uma escada comprida, feita de gravetos amarrados.

Os degraus levavam a um cômodo miúdo e bem cuidado de pedra lavrada. Não era maior que um armário e estava vazio, a não ser por uma velha porta de carvalho toda orlada de latão. Auri esfregou as mãos, abriu a porta e entrou com passos leves na Galeria.

O portal era largo o bastante para ser atravessado por uma carroça. Tinha o pé-direito alto e era tão comprido que a luz de Foxen mal conseguia alcançar o amontoado de escombros que bloqueava a outra extremidade. No teto, um lustre de cristal derramava uma luz branco-azulada.

Lambris de madeira escura cobriam a parte inferior das paredes, e a parte acima deles era ornamentada em gesso. Grandes afrescos decoravam o teto. Mulheres em tecidos diáfanos reclinavam-se aqui e ali, cochichando e passando óleo umas nas outras. Homens brincavam na água, agitando-se ridiculamente, nus em pelo.

Auri ficou um momento contemplando as imagens com um sorriso maroto, como sempre fazia. Deslocou o peso do corpo de um lado para o outro, sentindo a frieza do chão de mármore polido sob seus pés minúsculos.

As duas extremidades da Galeria eram bloqueadas por pedras caídas e terra, mas no meio o local era limpo como um cadinho. Tudo seco e arrumadíssimo. Sem umidade. Sem mofo. Sem correntes de ar que trouxessem poeira. Com homens nus ou não, era um lugar de bom gosto, por isso Auri tinha o cuidado de se comportar da melhor forma possível.

Havia doze portas de carvalho ao longo do corredor. Todas refinadas e compactas, com acabamento em bronze. Nos seus longos anos nos Subterrâneos, Auri tinha aberto só três delas.

Ela percorreu o salão com Foxen reluzindo brilhantemente em sua mão levantada. Após cerca de dez passos, um lampejo no piso de mármore chamou sua atenção. Aproximando-se de um pulo, ela viu que um cristal tinha caído do lustre e jazia intacto no chão. Era uma coisa de sorte, e valente. Auri o pegou e colocou no bolso que não continha a chave. Eles só fariam confusão se fossem colocados juntos.

Não era a terceira porta, nem a sétima. Auri já planejava seu caminho por Passa-Fundo quando avistou a nona porta. Ela estava à espera. Ansiosa. O trinco destravou e a porta se abriu, girando com suavidade nas dobradiças silenciosas.

Auri entrou, tirou a chave do bolso e a beijou. Depois, depositou-a com cuidado sobre uma mesa vazia logo à entrada. A batidinha que ouviu quando a chave tocou na madeira aqueceu-lhe o coração. Auri sorriu ao vê-la sentada ali, bem à vontade em seu lugar apropriado.

Era uma sala de estar. Muito elegante. Auri sentou Foxen numa arandela na parede e foi dar uma boa olhada em volta. Uma cadeira alta de veludo. Uma mesa baixa de madeira. Um sofá e um tapete felpudos. No canto, um carrinho cheio de copos e garrafas. Todos muito dignos.

Havia algo errado na sala. Não era nada gritante. Nada como em Duplo Assento ou em Vultos. Não. Esse era um bom lugar. Quase perfeito. Tudo era quase. Se não fosse um dia branco, com tudo feito da maneira adequada, talvez Auri nem tivesse conseguido perceber que havia algo errado. Mas era, e ela percebeu.

Perambulou pelo cômodo, as mãos cerimoniosamente cruzadas às costas. Examinou o carrinho com mais de dez garrafas de todas as cores. Umas fechadas e cheias, outras contendo pouco mais que poeira. Numa das mesas perto do sofá estava um relógio de algibeira, de prata polida. Havia também um anel e algumas moedas espalhadas. Auri os fitou, curiosa, sem tocar em nada.

Movia-se com graça. Um passo. Outro. A felpa escura do tapete era macia feito musgo sob seus pés e, quando ela se curvou para deslizar os dedos sobre aquela quietude, vislumbrou uma brancura pequenina embaixo do sofá. Estendeu a mãozinha alva até as profundezas das sombras, e teve de esticá-la um pouco até que os dedos a pegassem. Lisa e fria.

Era uma estatueta entalhada num pedaço de pedra pálida, acanhada. Um soldadinho de linhas inteligentes, mostrando sua cota de malha e seu escudo. Porém o tesouro mais verdadeiro era a doçura de seu rosto, bondoso o suficiente para se beijar.

Seu lugar não era ali, mas também não estava errado. Ou melhor, não era o que havia de errado na sala. O pobrezinho estava só perdido. Auri sorriu e pôs a estatueta no bolso junto com o cristal.

Foi então que sentiu um carocinho sob um dos pés. Levantou a borda do tapete, enrolou-a e achou um botãozinho de osso embaixo. Fitou-o por um longo momento, e depois lhe ofereceu um sorriso compreensivo. Também não era ele. O botão era exatamente o que devia ser. Com gestos cuidadosos, Auri deixou o tapete tal qual o havia encontrado, dando-lhe tapinhas com as mãos ao colocá-lo no lugar.

Tornou a correr os olhos pela sala. Era um lugar bom, e quase como deveria ser. Na verdade, não havia nada para ela fazer ali. Era espantoso, pois obviamente o lugar estivera sozinho por séculos, sem ninguém para cuidar dele.

Mesmo assim, *havia* algo errado. Uma falta. Uma coisinha minúscula, como um grilo solitário correndo loucamente pela noite.

Uma segunda porta esperava do outro lado da sala, ansiosa por ser aberta. Auri destravou o trinco, atravessou um corredor e chegou apenas aos pés de uma escada. Olhou em volta com certa surpresa. Tinha pensado ainda estar na Galeria. Mas era claro que não. Esse era um lugar totalmente diferente.

Então o coração de Auri bateu mais depressa. Fazia uma eternidade que ela não chegava a um lugar completamente novo. Um lugar que ousasse ser inteiramente ele mesmo.

Ainda assim, tomou cuidado. À luz constante de Foxen, ela examinou bem as paredes e o teto. Algumas rachaduras, porém nada mais largo que um polegar. Umas pedras menores tinham caído e também havia terra e reboco nos degraus. As paredes eram nuas e meio condescendentes. Não. Era óbvio que ela deixara a Galeria para trás.

Passou a mão pelas pedras da escada. As primeiras eram sólidas, mas a quarta estava solta. Assim como a sexta e a sétima. E a décima.

Havia um patamar a meia altura, onde a escada invertia sua direção. Havia uma porta, mas era de uma timidez terrível, por isso, educadamente, Auri fingiu não vê-la. Subiu com cuidado o segundo lance de escada e constatou que metade dos degraus também estava solta ou propensa a se inclinar.

Assim, tornou a descer, certificando-se de haver achado todas as pedras deslocadas. Não achara. Foi terrivelmente empolgante. O lugar era ardiloso como um latoeiro ébrio, e um tantinho sonso. E tinha o gênio forte. Seria difícil achar um lugar mais diferente de uma alameda de jardim.

Alguns locais tinham nomes. Alguns os mudavam, ou eram tímidos a respeito deles. Havia os que não tinham nome, e isso era sempre triste. Uma coisa era ser reservado. Mas não ter nome? Que horror! Que solidão!

Auri subiu os degraus pela segunda vez, testando um por um com os pés, evitando os pontos que sabia estarem ruins. Enquanto subia, não soube dizer que espécie de lugar era aquele. Tímido ou secreto? Perdido ou solitário? Um lugar intrigante. Isso lhe abriu ainda mais o sorriso.

NO TOPO DA ESCADA, metade do teto tinha desabado, mas havia uma abertura feita por uma parede quebrada. Auri a atravessou e se viu sorrindo de emoção. Outro lugar novo. Dois num dia só. Seus pés descalços moviam-se para a frente e para trás no piso áspero de pedra, quase dançando de animação.

O lugar não era tão recatado quanto a escada. Seu nome era Carreta. Era disperso, meio desmoronado e meio cheio. Havia muita coisa para ver.

Tudo estava coberto de poeira. Apesar das pedras caídas, o local era seco e bem vedado. Sem umidade, apenas ar abafado e poeira. Mais da metade do aposento era uma sólida massa de terra e pedra e madeira. Os restos de uma cama de dossel jaziam esmagados sob os destroços. Na parte do cômodo intacta ficavam uma penteadeira com espelho triplo e um guarda-roupa de madeira escura, mais alto que uma mulher alta na ponta dos pés.

Auri espiou timidamente pelas portas entreabertas do

guarda-roupa. Vislumbrou uma dúzia de vestidos, todos de veludo e bordados. Sapatos. Um roupão de seda. Umas peças diáfanas, do tipo usado pelas mulheres nos afrescos da Galeria.

A penteadeira era uma coisa jovial: tagarela e desinibida. No tampo estavam espalhados potes de pós, pequenas escovas, bastões de pintura para os olhos. Pulseiras e anéis. Pentes de chifre, marfim e madeira. Havia grampos, penas de escrever e uma dúzia de vidros, alguns volumosos, outros delicados como pétalas.

Tudo o que repousava em seu tampo parecia meio desalinhado, numa desarrumação assustadora: havia pós derramados, vidros caídos, o prato de grampos na maior balbúrdia.

Desarrumada ou não, Auri não pôde deixar de se afeiçoar à penteadeira, por mais brusca e indecorosa que fosse. Sentou-se toda empertigada na beirinha da cadeira de espaldar reto. Deslizou os dedos pelo cabelo esvoaçante e sorriu, para se ver refletida no tríptico.

Havia também uma porta no lado oposto ao da parede quebrada. Estava parcialmente enterrada por uma viga partida e por blocos de pedra esfacelados. Apesar de escondida, não era tímida.

Auri começou a trabalhar para pôr as coisas nos lugares certos da melhor maneira possível.

Afastou a viga de madeira que bloqueava a porta. Levantou e fez força, alguns centímetros de cada vez, até conseguir removê-la, usando como alavanca outro pedaço de madeira caído. Depois, retirou as pedras, empurrando as que não conseguia carregar. Rolando as que não conseguia empurrar.

Encontrou os destroços de uma mesinha embaixo das pedras e, em meio às lascas de madeira, achou um pedaço de renda branca e fina de bilro. Dobrou-o cuidadosamente e o guardou no bolso com o cristal e o soldadinho de pedra.

Liberado o caminho, a porta se abriu com facilidade, com as dobradiças enferrujadas gemendo. Dentro estava um pequeno armário que continha um urinol vazio de porcelana. Havia um balde de madeira, um escovão do tipo que se usa para esfregar conveses de navios e uma vassoura compacta de bétula. Atrás da porta ficavam pendurados dois sacos de linho vazios. O menor deles estava ansioso para entrar em ação, por isso Auri sorriu e o enfiou num bolso, sozinho.

A vassoura também estava ansiosa, depois de passar tanto tempo aprisionada, então Auri tirou-a do armário e se pôs a varrer, juntando poeira e terra antigas num montinho. Depois disso a vassoura continuou inquieta, e Auri foi varrer também a escada sem nome.

Levou Foxen consigo, é claro. Dificilmente confiaria em que um lugar como aquele se portasse bem no escuro. Mas, como uma varredela apropriada do local exigia duas mãos, ela amarrou Foxen num cacho comprido do cabelo. O orgulho dele ficou um pouco ferido e Auri o beijou, num sincero pedido de desculpa pela afronta. Mas ambos sabiam que ele tinha um prazer secreto em balambalançar loucamente para lá e para cá, fazendo as sombras rodopiarem e darem gritos agudos.

E assim, durante algum tempo, ele ficou pendurado e balançou. Auri tomou o cuidado de não reparar em nenhuma exuberância indevida por parte dele, enquanto fazia um exame rápido da escada sem nome. Para cima e para baixo e de novo para cima, a vassoura compacta de bétula vagueou e espanejou, livrando os degraus das pedras caídas, da areia e do pó. Eles ficaram lisonjeados com a atenção, mas permaneceram completamente reservados.

Depois de devolver a vassoura ao armário, Auri tirou o urinol e o instalou junto do guarda-roupa. Girou-o de leve para que ficasse de frente para o lugar certo.

Por mais encantadora que fosse, a penteadeira também era irritante. Parecia em total desalinho, mas nenhum dos objetos pedia uma arrumação. A única exceção foi a escova de cabelo, que Auri pôs mais perto de um astuto anel de rubi.

Ela cruzou os braços e passou um longo minuto olhando para o móvel. Em seguida, pôs-se de quatro e examinou sua parte de baixo. Abriu as gavetas e passou os lenços da gaveta da esquerda para a da direita, mas franziu a testa e os fez voltar ao lugar antigo.

Por fim, empurrou a penteadeira inteira uns dois palmos para a esquerda e a posicionou um pouquinho mais perto da parede, com cuidado para que nada caísse no chão. Deslocou a cadeira de espaldar alto o mesmo tanto, para que ela continuasse de frente para o espelho triplo do móvel. Em seguida, levantou-a e examinou a base de seus pés, antes de recolocá-la no lugar com um pequeno dar de ombros.

Havia uma pedra solta no chão junto ao guarda-roupa. Auri a levantou com os dedos, ajeitou o saquinho de couro e o pedaço de enchimento de lã embaixo dela, repôs a pedra no lugar e bateu nela firmemente com o cabo da vassoura. Testou-a com um pé e sorriu quando ela não se deslocou mais sob o seu peso.

Por último, verificou o guarda-roupa. Afastou o vestido de veludo vinho da túnica de seda azul-clara. Ajeitou a tampa de uma caixa alta de chapéu, que se entreabrira. Abriu a gaveta da parte inferior do guarda-roupa.

Nesse instante, sua respiração ficou presa no peito. No fundo da gaveta, meticulosamente dobrados, estavam vários lençóis perfeitos, alvos e macios. Auri estendeu a mão para tocar num deles e se admirou ao ver como a trama era fechada. Tão fina que seus dedos não conseguiam sentir os fios de linha. Era fresca e gostosa de tocar, como um amante recém-chegado do frio que viesse beijá-la.

Auri deslizou a mão pela superfície. Que encanto seria dormir num lençol assim! Deitar sobre ele e sentir aquela doçura em toda a sua pele nua!

Ela estremeceu e fechou os dedos em torno das bordas dobradas do lençol. Mal percebendo o que fazia, Auri o tirou de seu lugar certo e o levou ao peito. Roçou os lábios na maciez do tecido.

Havia outros lençóis embaixo desse. Um tesouro. Sem dúvida eram suficientes para um lugar como a Carreta. Além disso, ela havia arrumado tantas outras coisas! Com certeza...

Fitou o lençol por um longo momento. E, enquanto seus olhos eram só suavidade e desejo, sua boca tornou-se firme e furiosa. Não. Não era esse o jeito das coisas. Ela não se deixava enganar. Sabia perfeitamente qual era o lugar daquele lençol.

Fechou os olhos e o repôs na gaveta, sentindo a vergonha arder no peito. Às vezes ela era uma coisa cobiçosa. Querendo algo para si. Distorcendo a forma apropriada do mundo inteiro. Querendo mandar em tudo com o peso do seu desejo.

Fechou a gaveta e se empertigou. Deu uma olhada a sua volta e fez um aceno afirmativo para si mesma. Tivera um bom começo ali. Era claro que a penteadeira necessitava de alguma atenção, mas Auri ainda não sentira qual seria a natureza dessa ajuda. Mesmo assim, o lugar tinha nome e ela cuidara de todas as necessidades óbvias.

Auri pegou Foxen e desceu a escada sem nome, passou pela Galeria e pelo Derruído e refez todo o trajeto até o Manto. Buscou água fresca. Lavou o rosto, e as mãos, e os pés.

Depois disso, sentiu-se muito melhor. Sorriu e, num impulso, deu uma corrida até a Fundura. Fazia séculos que não a visitava, e sentia saudade de seu cheiro quente de terra. Da proximidade das paredes.

Correndo com delicadeza na ponta dos pés, dançou pela Rubrica, abaixando-se sob os canos. Saltitou pelo Bosque, estendendo as mãos para se balançar nas vigas desgastadas pelo tempo que sustentavam o teto rebaixado. Por fim, chegou a uma porta estufada de madeira.

Cruzando-a, levantou Foxen bem alto. Aspirou o perfume do ar. Sorriu. Sabia exatamente onde estava. Tudo estava exatamente onde devia.

O que um olhar acarreta

No segundo dia, Auri acordou no silêncio, na perfeita escuridão. Isso significava um dia de rodar. Um dia de fazer. Ótimo. Havia muito o que fazer antes da chegada dele. Ainda faltava muito para ela estar pronta.

Acordou Foxen e dobrou o cobertor, tomando cuidado para as pontas não encostarem no chão. Correu os olhos pelo quarto: sua caixa e a folha e a alfazema estavam bem. A cama também. Tudo exatamente como devia ser.

Havia três saídas do Manto. O corredor era para depois. O portal, para agora. A porta era de carvalho, com acabamento em ferro. Auri não olhou para ela.

No Porto, a estatueta de pedra e o pedaço de renda estavam à vontade. O cristal valente ficou satisfeito no suporte para garrafas de vinho. O osso do braço e o saco de linho ficaram tão confortáveis que pareciam estar ali fazia cem anos. A velha fivela preta estava espremendo um pouco a resina, o que foi corrigido de imediato. Auri a cutucou para um lado, a fim de preservar a civilidade.

Deu uma olhadela ao redor e suspirou. Estava tudo ótimo, a não ser pela grande engrenagem de bronze. Isso a exasperou.

Ela pegou o cristal e o colocou junto da engrenagem. Mas não adiantou nada; só serviu para aborrecer o cristal. Sua coragem valia por dez, mas ele não se encaixava na mesa do canto. Auri deu-lhe um beijo rápido de desculpas e o devolveu ao suporte de garrafas de vinho.

Segurou a engrenagem pesada com as duas mãos e a levou para o Manto. Era um gesto inédito, na verdade, mas a essa altura Auri estava meio perdida. Depositou-a na estreita prateleira de pedra na parede em frente à cama. Posicionou-a de modo que a lacuna do dente que faltava ficasse virada para o teto. Como se levantasse as mãos, com seus dois cotocos de braço curtos demais.

Auri recuou um passo, olhou-a e tornou a suspirar. Estava melhor. Mesmo assim, porém, não era exatamente o lugar certo.

Ela lavou o rosto, as mãos e os pés. Sua lasca fina de sabonete cheirava a luz solar, o que a fez sorrir. Em seguida, ela vestiu seu segundo vestido favorito, pois tinha bolsos melhores. Afinal, era um dia de rodar.

No Porto, Auri pendurou seu saco coletor de pano no ombro e jogou umas coisas dentro. Em seguida, encheu os bolsos até não caber mais nada. Deu outra olhada na engrenagem no Manto. Mas não. Se ela quisesse vir, teria ficado satisfeita em permanecer no Porto. Coisa orgulhosa.

Em Van, Auri assustou-se ao ver que o espelho estava agitado. Ansioso, até. Isso estava longe de ser um começo auspicioso para o dia. Mas era o tipo de coisa que só um tolo iria ignorar. E Auri não era tola.

Além disso, fazia bastante tempo que o espelho estava por ali, por isso ela conhecia suas pequenas peculiaridades. Ele queria movimento, mas primeiro tinha que ser acalmado. Consolado. Adulado. Precisava de uma capa. Assim, apesar de ainda não haver se penteado, Auri pegou Foxen e fez o longo percurso até a Galeria. Entrou devagar em sua porta recém-aberta enquanto contemplava os afrescos no alto.

Fez uma breve parada na sala de estar, correndo os olhos pelo ambiente. O pequenino erro continuava lá, como um pedacinho de cartilagem nos dentes. Não a incomodaria se tudo o mais não tivesse quase a perfeição do círculo.

Mas é simplesmente impossível apressar certas coisas. Auri tinha certeza disso. Além do mais, precisava corrigir o espelho antes de qualquer outra providência. Isso significava uma cobertura. Então ela subiu a escada sem nome, pés saltitando para lá e para cá, evitando as pedras frouxas. Passou pela parede quebrada e entrou na Carreta.

Uma vez ali, abriu a gaveta do guarda-roupa. Não tocou nos lençóis. Em vez disso, suas mãos foram para os bolsos. Ela apalpou as facetas lisas do cristal valente. Não. Tocou nas linhas curvas da estatueta bondosa de pedra. Não. A pedra chata negra? Não.

Então, seus dedos tocaram na fivela e ela sorriu. Tirou-a e a depositou delicadamente na gaveta. Em seguida, levantou o lençol dobrado do alto da pilha. Era macio e cremoso em suas mãos. Pálido como marfim.

Auri parou, olhando para o negrume da fivela na gaveta. Sentiu um nó no estômago. O lugar dela não era ali. Ah, tinha *parecido* sensato. Ah, sim, com certeza. Mas Auri sabia o que parecer valia no final, não sabia?

Relutante, voltou a pôr o lençol na gaveta e correu os dedos por sua brancura perfeita, limpo e novo. Havia nele uma sugestão de inverno.

Mas não. Há uma diferença entre a correção e o que desejamos que seja certo. Suspirando, Auri pegou a fivela de volta e a empurrou para o fundo do bolso.

Deixando o lençol onde estava, tomou o caminho de volta para o Manto. Dessa vez moveu-se mais devagar, sem saltitar. A descida da escada sem nome animou-a um pouco. O trajeto cambaleava para lá e para cá, feito um bêbado, conforme ela passava de uma parte segura para outra.

Uma pedra virou sob seu pé e Auri agitou os braços como um cata-vento para não escorregar. Inclinou a cabeça de lado, equilibrada num pé só. Então, esse lugar seria o Vira-Virou? Não. Era matreiro demais para isso.

O espelho continuava irrequieto ali em Van. Sem alternativas melhores, Auri foi obrigada a buscar o cobertor de sua cama. Com cuidado para não deixá-lo encostar no chão, estendeu-o sobre o espelho e virou a face dele para a parede. Só então foi possível movê-lo para o outro lado do quarto e postá-lo diante da janela fechada por tijolos, onde ele queria tão desesperadamente ficar.

Auri devolveu o cobertor ao Manto e lavou o rosto, as mãos e os pés. Voltando a Van, constatou que seu tempo fora bem gasto. Nunca tinha visto o espelho tão contente. Sorrindo para si mesma, ela escovou o cabelo e tirou os nós de elfo até ele pender a seu redor como uma nuvem dourada.

Mas, quando já estava quase acabando, ao levantar os braços para empurrar sua nuvem de cabelo para trás, Auri cambaleou um tantinho, toda zonza de repente. Passada a tonteira, andou devagar até o Cricrido e bebeu um gole grande e demorado. Sentiu a água fria correr por todo o seu interior, sem nada que a detivesse. Sentiu-se oca. Seu estômago era um punho vazio.

Seus pés quiseram ir para o Paço das Macieiras, mas ela sabia que não restava maçã alguma. E, de qualquer modo, ele não a estaria esperando lá. Não antes do sétimo dia. O que era bom, na verdade. Ela não tinha nada adequado para dividir. Nem nada minimamente bom para ser um presente adequado.

Assim, dirigiu-se ao Arboreto. Suas panelas estavam penduradas nos lugares apropriados. Sua lamparina a álcool estava certinha. A xícara rachada de cerâmica estava sentada, quieta. Tudo exatamente como devia ser.

Isso posto, havia mais utensílios que comida no Arboreto. Nas prateleiras estava o saco de sal que ele lhe dera. Havia quatro figos gordos, envoltos de forma despretensiosa numa folha de papel. Uma única maçã, solitária e murcha. Um punhado de ervilhas desidratadas, tristemente acomodadas no fundo de um pote de vidro transparente.

Instalado na bancada de pedra havia um poço de resfriar, onde corria um fluxo lento, mas constante, de água gelada. Só que não estava resfriando nada, exceto um naco de manteiga amarela, cheio de facas, que mal servia para ser comido.

Na bancada havia uma coisa fina e maravilhosa. Uma tigela de prata, transbordando de bolinhas de noz-moscada. Redondas, marrons e lisas como pedras de rio, tinham vindo de paragens longínquas para uma visita. Inundavam o ar, quase cantando sobre sua terra distante. Auri as contemplou com anseio e correu a ponta dos dedos pela borda da tigela de prata. Havia folhas entrelaçadas gravadas nela...

Mas não. Por mais raras e encantadoras que aparentassem ser, Auri não achou que as pequenas nozes fossem boas para comer. Não agora, pelo menos. Nesse aspecto, pareciam-se com a manteiga: não eram propriamente alimentos. Eram mistérios que queriam aguardar o momento propício no Arboreto.

Auri subiu na bancada de pedra para alcançar a maçã, empoleirada em sua prateleira. Sentou-se ao lado do poço de resfriar, com as pernas cruzadas e as costas eretas, e cortou a fruta em sete pedaços iguais para comê-la. Estava curtida e cheia de outono.

Depois disso, ela continuou com fome, por isso desceu o embrulho de papel e o pôs à sua frente, abrindo-o com cuidado. Comeu três dos quatro figos, dando mordidas delicadas e cantarolando consigo mesma. Quando terminou, suas mãos já não tremiam. Ela embrulhou o único figo restante, depositou-o na prateleira e desceu para o chão. Colheu água do poço na mão em concha e a bebeu. Deu-lhe arrepios na barriga.

Depois de comer, Auri soube que já passava da hora de encontrar o lugar certo para a engrenagem de bronze.

A princípio, tentou adulá-la. Usando as duas mãos, depositou-a com cuidado no console da lareira, ao lado da caixa de pedra. A engrenagem ignorou o cumprimento e ficou ali parada, nem um pouquinho mais afável do que antes.

Com um suspiro, Auri pegou-a com ambas as mãos e a levou para o Umbroso, mas ela não ficou feliz em meio aos barris antigos de lá. Também não quis descansar no Cricrido, perto do riacho. Auri a carregou pela Casa das Trevas inteira, instalando-a em todos os peitoris de janela, mas nenhum lhe caiu minimamente bem.

Já com os braços doloridos pelo peso, Auri tentou irritar-se, mas não conseguiu ficar zangada. A engrenagem era diferente de tudo o que ela já vira, em todos os seus anos lá embaixo. O simples fato de olhá-la a deixava feliz. E, ainda que ela fosse pesada, era uma alegria tocá-la. Tratava-se de uma coisa meiga. Um sino silencioso que marcava as badaladas do amor. Durante todo o tempo que Auri a carregou, a engrenagem cantou por entre seus dedos as respostas secretas que guardava.

Não. Não podia se zangar. A engrenagem estava fazendo tudo o que lhe era possível. A culpa era da própria Auri, por não saber o lugar dela. As respostas eram sempre importantes, mas quase nunca fáceis. Auri simplesmente teria que agir com calma e fazer as coisas da maneira apropriada.

Só para ter certeza, levou a engrenagem de volta para o lugar onde a havia achado. Ficaria triste por vê-la partir, mas às vezes não havia mais nada a fazer. Algumas coisas eram fiéis demais para ficar. Algumas vinham apenas de visita, por algum tempo.

Quando Auri entrou na escuridão arqueada do Doze Cinzento, a luz de Foxen estendeu-se em direção ao teto invisível. Seu brilho verde e sereno projetou-se entre os canos que se emaranhavam nas paredes. Naquele dia, era um lugar diferente. Aquela era a sua natureza. Mesmo assim, Auri soube que era bem-vinda ali. Ou, se não bem-vinda, ao menos indiferentemente ignorada.

Avançou mais, até onde ficava a água profunda e negra do poço, lisa feito vidro. Com cuidado, pôs a engrenagem de pé na borda de pedra, com a lacuna do dente partido inclinada para cima. Deu um passo para trás e cobriu Foxen com uma das mãos. Sem nada além da tênue luz cinzenta da grade no alto, a engrenagem não chegou nem perto de tremeluzir como antes. Auri a fitou com atenção, por um momento ofegante, com a cabeça inclinada para o lado.

Então, sorriu. A engrenagem não queria partir. Ao menos isso ficou claro. Auri a pegou e experimentou colocá-la na prateleira estreita acima do poço, ao lado de suas garrafas. Mas a peça simplesmente ficou lá, toda arredia, reluzente de respostas, provocando-a.

Auri sentou-se no chão, de pernas cruzadas, e procurou pensar qual outro lugar serviria para a engrenagem. Mandril? Urso de Cera? Ouviu um ruflar de asas no ar. Elas bateram com força e pararam. Erguendo os olhos, Auri viu a forma de um noitibó desenhada contra o círculo cinza-opaco de luz que entrava pela grade lá no alto.

O pássaro golpeou forte o cano com alguma coisa e em seguida a comeu. Um caracol, imaginou Auri. Mas não foi preciso imaginar o tipo de cano. O tilintar deixou claro que era de ferro, negro e o dobro da espessura de seu polegar. O noitibó tornou a bater nele e mergulhou o bico no poço para beber água.

Depois, voou depressa de volta ao poleiro anterior. De volta ao cano. Ao centro da tênue luz cinzenta. Então esvoaçou pela terceira e última vez.

Auri sentiu um frio na barriga. Sentou-se ereta e olhou para a ave com atenção. Ela retribuiu o olhar por um bom momento, depois voou para longe, após terminar o que viera fazer.

Auri continuou a olhar, entorpecida, com o frio na barriga virando lentamente um nó. Não podia pedir que as coisas fossem mais claras que aquilo. Sua pulsação começou a acelerar e, de repente, as palmas de suas mãos ficaram suadas.

Ela saiu correndo e já avançara mais de dez passos quando se lembrou de seus modos e voltou depressa. Envergonhada de sua grosseria, deu um beijo na engrenagem de bronze, para que soubesse que não a estava abandonando. Ela voltaria. Em seguida, virou-se e saiu em disparada.

Primeiro foi ao Manto, onde lavou o rosto, as mãos e os pés. Pegou um lenço na caixa de cedro e disparou pela Rubrica e pelo Plumário até a Banca. Ofegante, enfim parou diante da despretensiosa porta de madeira que levava a Tenência.

Com a barriga toda dolorida e gelada de medo, Auri olhou em volta do contorno da porta e relaxou ao ver discretas teias de aranha. Ainda havia tempo. Talvez. Encostou o ouvido na madeira e escutou por um bom momento. Nada. Abriu a porta devagar.

Ansiosa, parada na soleira, deu uma espiada no cômodo poeirento. Olhou as teias que pendiam do teto e as mesas cobertas de ferramentas enferrujadas. Olhou as prateleiras abarrotadas de vidros, caixas e recipientes de lata. Olhou a outra porta, do lado oposto da sala. Não havia indício de luz em suas frestas.

Auri não gostava dali. Não ficava nos Subterrâneos. Era um lugar intermediário. Não era para ela. Contudo, por mais que não gostasse dele, todas as outras opções eram piores.

Olhou para o chão, coberto por uma fina camada de poeira, e viu pegadas de botas pesadas, manchas pretas marcadas no pó cinzento do piso. Elas contavam uma história. Vinham da outra porta, iam de uma mesa até uma prateleira próxima, depois seguiam para o limiar da porta em que Auri se encontrava.

Ela cravou os olhos no ponto em que cruzavam a soleira. Ao deixarem o piso empoeirado de Tenência, as pegadas tornavam-se invisíveis. Eram muito antigas. Mesmo agora, porém, essa visão fazia o coração de Auri disparar. Sua pele ficava toda quente e formigando, indignada ao pensar nelas. Um segundo conjunto de marcas de botas contava a história ao contrário. Essas voltavam dos Subterrâneos para Tenência. Seguiam na direção das mesas e da prateleira e saíam pela outra porta. Descreviam uma espécie de círculo. Um circuito.

Não eram recentes. Mas contavam uma história de que Auri não gostava. Uma história que ela não queria ver repetir-se.

Respirou fundo para se acalmar. Não havia tempo para isso. Eles viriam, todos cheios de botas duras e arrogância, e sem um pingo de conhecimento adequado daquele lugar. Um suor frio afastou todo o calor formigante da pele de Auri. Ela tornou a inspirar outra golfada de ar calmante e se concentrou.

Com a expressão feroz, respirou fundo de novo e cruzou o limiar para Tenência. Pôs o pezinho branco dentro da marca preta de uma bota. Seu pé era tão pequeno que isso não era difícil. Mesmo assim, ela optou por se mover devagar. O segundo passo pôs pouco mais que a ponta dos dedos em contato com o chão. O pé se encaixava com facilidade nas pegadas, sem deixar marcas próprias.

E assim ela se moveu, um passo cuidadoso após outro. Primeiro até uma prateleira, onde examinou os recipientes antes de pegar um pote pesado, com tampa de vidro moído. A seguir, pegou uma escova e apalpou as cerdas com o dedo. Depois voltou à porta, com passos lentos e graciosos como os de um fauno.

Fechou-a atrás de si. Então, soltando um suspiro de profundo alívio, correu para a Rubrica.

Mesmo indo depressa, levou uma hora para encontrar o lugar certo. Os túneis redondos de tijolos da Rubrica percorriam toda a extensão e a largura dos Subterrâneos, quilômetros e quilômetros de passagens, torcendo-se para cima e para baixo e virando no sentido inverso, levando os canos aonde eles precisavam ir.

Justo quando Auri temia nunca encontrá-lo, justo quando começava a temer que não estivesse mesmo na Rubrica, ouviu um som parecido com o de cobras zangadas e chuva. Não fosse isso, poderia ter levado o dia inteiro para descobrir. Seguiu o ruído até sentir cheiro de umidade no ar.

Por fim, ao dobrar um corredor, viu água jorrando feito uma fonte de um cano rachado de ferro preto. Os borrifos tinham molhado um pouco mais de 5 metros de tijolos para cada lado, e dos outros canos também pingava água. Os caninhos de bronze de ar comprimido não se importavam nem um pouco. E a tubulação preta e gorda de urina achava tudo muito engraçado. Mas a tubulação de vapor não estava nem um pouco satisfeita. Seu envoltório espesso estava totalmente encharcado, e ela resmungava e fumegava, enchendo todo o túnel de uma umidade bolorenta de estufa.

De onde se encontrava, Auri examinou a linha escura do cano quebrado, acompanhando cuidadosamente seu trajeto por entre os outros. Segurando Foxen bem no alto, ela se afastou do vazamento e seguiu o cano no sentido inverso.

Após dez minutos e um rápido desvio pela Decúria, Auri encontrou a válvula, uma rodinha que mal continha suas duas mãos. Após largar a escova e o pote, ela a segurou e girou. Nada. Então, tirou o lenço do bolso, enrolou-o na roda e tentou de novo, cerrando os dentes com o esforço. Após um bom momento, a roda, não lubrificada havia muito tempo, cedeu e, a contragosto, deixou-se girar.

Auri recolheu suas ferramentas e refez o percurso. Não havia som de cobras. O esguicho havia parado, mas o túnel inteiro continuava encharcado. O ar estava pesado e úmido, fazendo o cabelo dela grudar no rosto.

Auri deu um suspiro. Era exatamente como dissera o Mestre Mandrag tantos anos antes. Ela voltou para um trecho seco do piso do túnel e se sentou com as pernas cruzadas nos tijolos entre os canos.

Então veio a parte mais difícil. A espera a exasperou. Auri tinha muito o que fazer. Aquilo era importante, com certeza. Mas ele viria no sétimo dia, e ela não chegara nem perto de estar pronta...

Ouviu algo ao longe. Um eco. Um arrastar de pés? Um passo? O som de botas? Assustada, Auri ficou imóvel. Fechou a mão sobre Foxen e se manteve quietinha na súbita escuridão, esforçando-se para escutar...

Mas não. Não havia nada. Os Subterrâneos abrigavam milhares de coisas pequenas que se moviam, água em tubulações, vento atravessando o Enfunado, o ribombar monótono das carroças infiltrando-se pelas pedras do calçamento, vozes entreouvidas ecoando pelas grades dos bueiros. Mas não botas. Não agora. Ainda não.

Auri destapou Foxen e foi novamente examinar o vazamento. O ar continuava quente e úmido, então ela voltou a seu lugar de se sentar, onde não havia nada a fazer além de se remexer e se preocupar. Pensou em buscar correndo a engrenagem de bronze. Assim, ao menos teria companhia. Mas não. Precisava ficar.

Vazamentos eram ruins. Mas um vazamento podia passar despercebido por algum tempo. Agora, com o fluxo de água desse pedaço de tubulação completamente interrompido, havia uma grande probabilidade de que alguma coisa vital lá em cima ficasse muito infeliz. Sem saber de nada. Talvez o cano levasse a alguma parte sem uso do Magno, que poderia ficar seco por anos sem que ninguém reparasse, de qualquer maneira.

Mas talvez levasse ao Prédio dos Professores e, naquele exato momento, um deles estivesse no meio do banho. E se levasse ao Cadinho e algum experimento calmamente deixado para calcinar estivesse passando, em vez disso, por uma completa e involuntária cascata exotérmica?

Levaria ao mesmo resultado. Perturbação. Gente procurando chaves. Pessoas abrindo portas. Estranhos nos Subterrâneos, acendendo suas luzes inconvenientes por toda parte. Sua fumaça. O zurro de suas vozes. Pisoteando tudo com botas duras e indiferentes. Fitando tudo sem a menor ideia do que um olhar acarreta. Futucando as coisas e bagunçando-as sem a menor ideia do que era apropriado.

Auri percebeu que seus punhos eram verdadeiros nós, brancos como as juntas dos dedos. Sacudiu-se e se levantou. Tinha os cabelos escorridos em volta da cabeça.

Agora o ar parecia mais limpo. Já não estava úmido e fumegante. Ela recolheu suas ferramentas e ficou feliz ao ver que a tubulação de vapor enfim secara a si mesma e a tudo o que havia em volta. Melhor ainda, o lento silêncio das coisas tinha levado para longe a umidade do ar.

Auri aproximou Foxen do cano preto de ferro e ficou aliviada ao ver que o problema não passava de uma rachadura da finura de um fio de cabelo. Embora o cano parecesse seco, ela o enxugou com o lenço. Depois enxugou-o de novo. Em seguida, destampou o pote, mergulhou nele a escova e espalhou o líquido transparente por toda a pequena fissura.

Franzindo o nariz àquele cheiro que lembrava facas, Auri tornou a umedecer a escova e pintou o cano em toda a sua volta. Sorriu e examinou o vidro. Era encantador. O *tenaculum* era um adesivo complicado, mas esse estava perfeito. Nem espesso como geleia nem ralo como água. Aderia, fixava-se e se espalhava. Era cheio de grama verde e pulinhos e... sulfônio? Nafta? Estavam longe de ser o que ela usaria, mas não se podia discutir com resultados. O talento artesanal empregado era inegável.

Em pouco tempo Auri tinha revestido o cano inteiro, em torno da rachadura, com o líquido reluzente. Passou a língua pelos lábios, olhou para cima, preparou a boca e cuspiu com delicadeza na borda da área umedecida. A superfície do *tenaculum* ondulou-se e o sorriso de Auri se alargou. Ela esticou o dedo e teve o prazer de constatar que a superfície estava dura e lisa como vidro. Ah, sim. Quem quer que houvesse elaborado e executado aquilo era uma prova viva de que a alquimia era uma arte. A substância demonstrava o puro domínio da arte.

Auri pintou mais duas camadas, banhando toda a circunferência do cano e mais um palmo além da rachadura de fio de cabelo. Cuspiu mais duas vezes para fixar e vitrificar a substância. Depois, tampou o pote, beijou-o, sorriu e correu para ligar a água.

Cumprido o seu dever, cuidou da escova e retornou a Tenência. Encostou o ouvido na porta. Escutou. Distinguiu um vago... Não. Nada. Prendeu a respiração e escutou. Nada.

Mesmo assim, abriu a porta devagar. Olhou para o interior, a fim de ver se não havia luz em volta da outra porta. Por um instante seu coração gaguejou, quando ela achou ter enxergado novas pegadas de botas no... Mas não. Apenas sombras. Apenas o seu próprio medo, um medo de tirar o fôlego...

Com cuidado, Auri repôs o vidro em sua prateleira, instalando-o em seu próprio anel escuro e sem pó, onde o havia encontrado. Em seguida, a escova. Pisou com cuidado no interior das marcas pretas e abrutalhadas das botas. Não era de largar coisas desarrumadas. Foi pisando tal como a água se move em ondas suaves. Seja qual for o movimento, a água permanece inalterada. Era esse o jeito apropriado das coisas.

Ao sair, Auri fechou lentamente a porta pesada. Verificou o trinco, para ter certeza absoluta. Ao caminhar de volta para os

Subterrâneos, as pedras deveriam ter sido macias sob seus pés. Mas não foram. Foram apenas pedras. O ar parecia estranho e tenso. Havia algo errado.

Ela parou e tornou a ouvir junto à porta. Escutou com mais atenção, depois entreabriu a porta para espiar lá dentro. Nada. Fechou-a e verificou o trinco. Apoiou o peso nela e tentou dar um suspiro, mas não conseguiu encontrar ar suficiente no peito. Havia algo errado. Ela esquecera alguma coisa.

Voltou correndo à Rubrica, e seu coração gaguejou quando ela virou para o lado errado. E depois errado mais uma vez. Mas então ela reencontrou a válvula. Ajoelhou-se para ter certeza absoluta de que a tinha aberto, e não fechado. Pôs as duas mãos no cano e sentiu o tremor da água passando.

Não era isso, então. Mesmo assim. Será que se movimentara com cuidado suficiente? Teria deixado uma mancha no chão? Disparou de volta para Tenência e encostou o ouvido na porta. Nada. Abriu-a e levantou Foxen bem alto, para que sua luz iluminasse a poeira. Nada.

A essa altura, sua pele estava toda acinzentada de suor. Auri fechou a porta pesada. Verificou o trinco e apoiou nela o peso magro do corpo, pressionando com as mãos e a testa. Tentou respirar mais fundo, porém o coração estava enrijecido e apertado em seu peito. Havia algo errado no ar. A porta se recusava a se encaixar direito em sua moldura. Auri tornou a pressioná-la com as palmas das duas mãos. Verificou o trinco. De repente a luz de Foxen pareceu muito tênue. Será que ela se movera com cuidado suficiente? Não. Ela sabia. Escutou, abriu a porta e olhou de novo. Nada. Mas só ver não ajudava. Ela sabia que parecer não chegava a ser nem metade das coisas. Havia algo errado. Auri tentou, mas simplesmente não conseguiu relaxar. Não conseguiu recobrar o fôlego. As pedras sob seus pés não se pareciam em nada com suas pedras. Ela precisava ir para um lugar seguro.

Apesar das pedras e da estranheza do ar, começou a voltar para o Manto. Pegou o caminho mais seguro; apesar disso, seus passos foram lentos. E mesmo assim, em certos momentos, ela teve de parar, fechar os olhos e apenas respirar. E, mesmo assim, respirar quase não ajudou. Como poderia, se o próprio ar se tornara desleal?

Todos os ângulos estavam errados em Piquerinho, mas ela só se deu conta do quanto estava perdida ao olhar em volta e se ver na Escapada. Não sabia como havia ficado tão desnorteada, mas era impossível negar onde se encontrava. A umidade estava em toda parte. O cheiro de podre. A areia grossa sob seus pés. O jeito de as paredes lançarem olhares mal-intencionados. Ela virou e tornou a virar, mas não conseguiu encontrar seu lugar.

Tentou seguir adiante. Sabia que, se andasse e virasse e andasse, acabaria deixando a sinistra e arenosa Escapada para trás. Sairia num lugar amigável. Ou, pelo menos, num lugar que não distorcesse e pressionasse e se agigantasse a sua volta.

Assim, Auri andou e virou e olhou em volta, esperando sem esperança ter um vislumbre do familiar. Torcendo para que, aos poucos, as pedras começassem a estar no lugar certo sob seus pés. Mas não. O martelo que era seu coração lhe disse para correr. Ela precisava de seu lugar seguro. Tinha que voltar ao Manto. Mas qual era o caminho para lá? Mesmo que soubesse, o ar estava ficando abafado e atordoante ao seu redor. Embora ela tivesse aversão a tocar nas paredes, estendeu a mão para se apoiar na dura indelicadeza da mais próxima.

Passos lentos. Uma virada. Auri sorriu ao ver as coisas se abrirem à frente. Até que enfim. O peito começou a relaxar quando ela finalmente avistou o fim da Escapada lá adiante. Deu dois passos à frente antes de perceber o caminho que lhe era oferecido. Parou. Não. Não, não. O emaranhado de túneis indesejados se abria diante dela. Mas se abria para a quietude vasta e deserta da Porta Negra.

Auri nem sequer se virou. Apenas deu um passo lento e escorregadio após outro, refazendo o caminho por onde viera. Foi difícil. A parede prendeu sua mão e a machucou, ralando a pele das juntas de seus dedos. O nó úmido e apertado da Escapada não queria que ela tornasse a entrar. Mas a Porta Negra queria. A via larga e bem-vinda que levava a ela estendeu-se diante de Auri como uma boca aberta, preta e tenebrosa. Uma goela. Uma máquina de lacerar.

Passo a passo, ela se obrigou a voltar para a Escapada. Não se atreveu a perder de vista o caminho para a Porta Negra. Não se atreveu a deixá-lo para trás, todo invisível. Inoportuno. Todo descosido.

Por fim, Auri recuou, dobrando um corredor, e arriou no chão, trêmula. Precisava que tudo não desmoronasse por completo ao seu redor. Precisava voltar ao Manto. Precisava do seu lugar mais perfeito. Lá, as pedras eram seguras sob seus pés. Lá, tudo era meigo e correto de verdade.

Auri estava zonza e intrigada e curvada. Tremia e não conseguia ficar de pé, por isso se dobrou sobre si mesma e se sentou de pernas cruzadas no chão.

Passou um tempo longo e silencioso sentada ali. Fechou os olhos. Fechou a boca. Cobriu Foxen com a mão. Sentou-se toda pequenina. Toda quieta. A umidade pegajosa da Escapada grudou em seu cabelo e o tornou pesado, escorrido. Auri deixou o emaranhamento dele cair a seu redor feito uma cortina. Criou-se ali dentro um espaço minúsculo. Um pequeno espaço só para ela.

Auri abriu os olhos e fitou esse minúsculo lugar privado. Viu o bravo Foxen brilhando bravamente no abrigo de suas mãos. Descobriu-o e, embora sua luz fosse rala e esfiapada, a visão dele nesse pequeno espaço a fez sorrir. Auri tateou dentro de si em busca do seu nome perfeito e verdadeiro e, apesar de haver demorado um longo e solitário momento, enfim o sentiu ali. Estava trêmulo e apequenado. Amedrontado. Estourado. Mas nas bordas ainda era cintilante. Ainda era dela. Reluzia.

Com movimentos lentos, Auri levantou-se e caminhou vagarosamente para fora da Escapada. O ar estava denso e calafriante. As paredes, carregadas de rancor. As pedras se ressentiam de cada passo dela. Tudo, tudo rosnava e se desfazia. Mas, ainda assim, ela encontrou o caminho de Piquerinho, onde as paredes eram apenas carrancudas. Depois, seguiu para o Acastanhado.

E então finalmente sentiu as pedras do Manto sob os pés. Entrou pisando de leve em seu lugar perfeito, ah, perfeito de verdade. Lavou o rosto e as mãos e os pés. Isso ajudou. Sentou-se por um longo momento em sua cadeira perfeita. Apreciou sua folha perfeita. Aspirou o adorável ar comum. Já não sentia a pele esticada de tensão. Seu coração amoleceu e se aqueceu. Foxen voltou a se exceder, chegou a ficar refulgente.

Auri foi a Van e escovou o cabelo até tirar toda a umidade e os nós. Inspirou e soltou o ar num suspiro. Sentiu seu nome doce dentro do peito. Tudo estava de novo em seus devidos lugares. Ela sorriu.

Linda e quebrada

Após um momento de descanso, Auri bebeu água do poço do Cisco, depois voltou a descer para buscar a engrenagem. Ela era paciente como três pedras, mas, ainda assim, tão merecedora de achar seu lugar certo quanto qualquer um.

Na falta de ideia melhor, Auri carregou-a para a Galeria. Talvez fosse esse o seu lugar. Ou, melhor ainda, talvez a coisa de bronze pudesse dar-lhe algum indício do que era o pequenino erro oculto que impedia a sala de estar de ressoar com a doçura de um sino.

Ou lá, talvez, ela pudesse ver a engrenagem sob um prisma melhor. Especialmente com o lugar tão novo e quase perfeito. Era um lugar tão bom quanto qualquer outro, supôs Auri.

E, assim, lá foi ela para a refinada e rica Galeria, com suas paredes de lambris. E entrou em sua nova sala de estar. Acomodou a engrenagem no sofá e se aninhou ao lado dela, sentada em cima dos pés.

A engrenagem não se mostrou mais contente. Auri deu um suspiro e inclinou a cabeça para ela. Pobrezinha. Ser tão encantadora e tão perdida. Toda cheia de respostas, com todo aquele saber

aprisionado do lado de dentro. Ser linda e quebrada. Auri meneou a cabeça e pôs a mão com delicadeza no rosto liso da engrenagem, num gesto de consolo.

Quem sabe em Passa-Fundo? Por que não pensara nisso antes? É verdade que, quando pensava em amor e respostas, era difícil aqueles antigos destroços da caverna lhe virem à cabeça. Mas talvez fosse exatamente essa a questão. Talvez um maquinismo grandalhão e morto muito tempo antes tivesse uma desesperada necessidade de nove dentes brilhantes e de amor em seu coração abandonado, não é?

Auri deslizou um dedo pela lateral da engrenagem e sua pele prendeu um pouquinho na borda lascada de onde fora arrancado o décimo dente.

Foi então que lhe ocorreu a ideia, em um lampejo. Ela soube exatamente qual era o erro. Era claro. Pôs-se de pé num salto, com um sorriso animado. Levantou o canto do tapete e o enrolou até ver o botão deitado ali, satisfeito.

Suas mãos voaram para os bolsos, à procura... Sim.

Ela colocou a fivela manchada ao lado do botão. Aproximou-a um pouco mais. Virou-a. Pronto. Sentiu um ligeiro tremor ao repor o tapete no lugar. Alisou-o bem com as duas mãos.

Levantou-se e dentro dela houve um clique, como o de uma chave na fechadura. Agora a sala estava perfeita como um círculo. Como um sino. Como a lua em seu perfeito plenilúnio.

Auri riu de prazer, e cada parte do seu riso foi um pássaro minúsculo que saía aos tropeços para voar pela sala.

Ela se postou no centro do cômodo e deu um giro completo para ver tudo. E, quando seus olhos passaram pelo anel na mesa, percebeu que o lugar dele já não era ali. Ele estava livre para ir para onde lhe aprouvesse. Todo ele cantava em dourado, e o âmbar que continha era suave como uma tarde de outono.

Transbordando de alegria, Auri dançou. Seus pés descalços eram brancos, contrastando com a maciez escura e musgosa do tapete.

―――◆―――

COM O CORAÇÃO SALTITANTE DE FELICIDADE, Auri tornou a pegar a engrenagem de bronze, sorrindo ao fechar as mãos em torno dela. Mal percorrera metade do caminho de volta ao Manto, ouviu uma sugestão de música.

Ficou imóvel como uma pedra. Silenciosa como a quietude do coração. Não era possível. Ainda não. Faltavam dias e dias. Ela não estava nem perto...

Tornou a ouvi-lo. Vago. Um som que poderia ser o tilintar de cristal no cristal, que poderia ser um pássaro, mas também poderia ser o tanger distante de uma corda esticada.

Ele estava lá! Com dias de antecedência, e ela meio suja e de mãos vazias. Mesmo assim, o coração chegou a andar de lado em seu peito à ideia de revê-lo.

Auri disparou para o Manto mais depressa que um coelho perseguido por um lobo. Pegou o caminho mais rápido, embora ele passasse por Vultos, com sua umidade e seu medo, com aquele cheiro horroroso de flores quentes pairando no ar.

De novo no Manto, ela colocou a engrenagem acima da lareira. Depois, lavou o rosto, as mãos e os pés. Tirou a roupa e pôs seu vestido favorito.

Em seguida, trêmula de agitação nervosa, correu para o Porto e examinou as prateleiras. O osso, não, é claro. Nem o livro, tampouco. Ainda não. Auri pôs dois dedos no cristal, pegou-o, girou-o na mão. Respirou fundo, provando o ar. Tornou a pousar o cristal.

Deslocou-se de um pé para o outro e correu os olhos pelo Manto. Sua folha amarela perfeita era quase a coisa certa. Agora a engrenagem estava emburrada, e era orgulhosa demais. Disso ele já tinha o suficiente.

Havia o anel de ouro outonal recém-encontrado. Era bem refinado, com certeza. E combinava com ele, duas vezes brilhante.

Mas, como presente, era... um mau presságio. Auri não queria lhe dar nenhuma sugestão de demônios.

Olhou então para o vidrinho com a tampa aberta. Correu os olhos pela outra prateleira, com suas drupas de azevinho dispersas, de cor viva feito sangue na toalha. A empolgação inundou seu peito. Auri sorriu.

Pegou as drupas e as colocou no vidrinho. Couberam perfeitamente. Claro. Eram zelosas e certinhas. Vidro de Azevinho. Azevidro. Para mantê-lo seguro. Uma visita antecipada. Música.

Era mais improvisado do que ela gostaria. Mal chegava a ser apropriado. Mas, verdade seja dita, era *ele* quem estava adiantado. Aquilo era suficiente para uma visita antecipada. Auri disparou porta afora, passos ecoando em todo o trajeto por Grimsby, depois descendo por Remos e, finalmente, subindo até Viagem por Baixo.

Ali, Auri fez uma pausa sob a grade pesada do bueiro. O coração martelava enquanto ela tentava escutar. Nada. Teria mesmo ouvido? Será que ele a estava esperando? Será que sua confusão tinha sido tal que ele se entediara e fora embora?

Ela pôs Foxen em sua caixinha, abriu o trinco oculto e empurrou as pesadas barras de ferro com os braços trêmulos. A grade se abriu e Auri subiu para o Paço das Macieiras, protegida pelas cercas vivas que lá havia. Ficou imóvel. Escutou. Nenhuma voz. Ótimo. Nenhuma luz nas janelas. Ótimo.

A lua fitava o Paço das Macieiras. Não era uma lua boa. Da segurança da sebe, Auri olhou para fora e espiou o céu. Nenhuma nuvem. Fechou os olhos e tornou a escutar. Nada.

Respirou fundo e disparou pelo gramado, indo colocar-se sob os galhos protetores de Lady Larbor. Ali, parou para respirar e ficou imóvel como um prédio. Depois de olhar em volta mais uma vez, subiu correndo pelos galhos entrelaçados. Era complicado, com o azevidro numa das mãos. Ela escorregou um pouco e a casca áspera da árvore arranhou-lhe as solas dos pés.

Então chegou ao Topo das Coisas. Dali podia ver tudo, infinitamente. Temerant inteiro estendia-se sob seus pés, interminável. Era tão bonito que ela quase não se importou com a lua.

Podia ver as chaminés espetadas do Cadinho, e o Cercado com suas asas, todo cheio de cintiluz. A leste ela avistou a linha prateada da Velha Estrada de Pedra, que cortava a floresta como um facão, seguia para a Velha Ponte de Pedra, cruzava o rio e continuava para longe, longe, longe...

Mas ele não estava lá. Não havia nada. Apenas o alcatrão morno sob os pés. E chaminés. E a nitidez da lua.

Auri segurava o azevidro numa das mãos. Olhou em volta e entrou na sombra de uma chaminé de tijolos, para que a lua não pudesse vigiá-la.

Prendeu a respiração e ouviu. Ele não estava ali. Mas talvez. Talvez, se ela esperasse.

Auri olhou ao redor. O vento passou soprando e fez seu cabelo rodopiar em volta do rosto. Ela o afastou, franzindo a testa. Ele não estava ali. É claro que não. Só viria no sétimo dia. Ela sabia. Sabia como as coisas funcionavam.

Ali permaneceu, imóvel, as mãos junto ao peito. Segurando o vidro de azevinho. Olhos correndo pelos telhados enluarados.

Sentou-se de pernas cruzadas no estanho, à sombra da chaminé de tijolos.

Correu os olhos em volta. Esperou.

Um lugar aprazível bem incomum

UMA NUVEM ACABOU por esconder a lua. Convencida. E Auri aproveitou a chance para voltar correndo aos Subterrâneos. Sentiu o coração pesado em toda a travessia da Decúria. Mas achou um grande emaranhado de madeira seca no Umbroso, arrastado para as grades dos bueiros em alguma tempestade esquecida. Freixo e olmo e pilriteiro. Era tanta lenha que foram necessárias seis viagens para carregar tudo para o Manto. Foi um achado e tanto e, ao final do processo, Auri quase assobiava.

Lavou o rosto, as mãos e os pés. Sorrindo para o perfume da lasca ainda mais fina de sabonete adocicado, tornou a pôr seu segundo vestido favorito. Ainda era dia de fazer.

Depois de encher os bolsos e pegar o saco coletor, ela se encaminhou para o Mandril. Nem precisou molhar os pés, pois fazia séculos que não caía uma chuva forte. Na ponta mais distante do caminho tortuoso, parou antes da última esquina. Havia um toque de luar adiante, então ela deu um beijo rápido em Foxen antes de guardá-lo em sua caixinha de madeira.

Percorreu o trecho final do Mandril de memória, mais do que pela visão, pisando com cuidado até ficar atrás da grade vertical de escoamento, que não dava para grande coisa a não ser o fundo de uma valeta. Posicionou-se junto às barras pesadas. Dali avistou a massa do Refúgio, no alto do morro, uma sombra que se agigantava contra o céu estrelado. Algumas luzes ardiam nas janelas, umas vermelhas, outras amarelas e, no andar mais alto, uma brilhante e assustadora luz azul.

Auri prendeu a respiração. Nenhuma voz. Nenhum casco. Nenhum uivo. Olhou para cima e viu as estrelas, a lua e uns retalhos finos de nuvem. Observou um retalho de nuvem mover-se lentamente pelo céu. Esperou até que escondesse a nesga de lua.

Só então soltou o trinco escondido na parte interna da grade, para que ela se abrisse como uma porta. Disparou pela valeta, atravessou um trecho de grama bem aparada e se escondeu nas sombras, embaixo de um amplo carvalho.

Ali ficou por algum tempo, imóvel, até seu coração desacelerar. Até ela ter certeza absoluta de que não fora vista.

Em seguida, foi contornando a árvore, até que o prédio já não pudesse vê-la. E, depois disso, virou noutra direção e desapareceu no bosque.

ACHOU O LUGAR QUANDO COLHIA PINHAS. Um pequeno cemitério esquecido, com as lápides cobertas de hera. As roseiras cresciam à solta, trepando no que restava de uma antiga cerca de ferro.

Com os braços colados ao corpo e as mãos sob o queixo, Auri entrou no cemitério. Seus pezinhos caminharam em silêncio quando ela se moveu entre as lápides.

A lua tinha ressurgido, mas agora estava mais baixa e acanhada. Auri deu-lhe um sorriso, contente com a companhia, agora que já não estava no Topo das Coisas e o Refúgio tinha ficado muito para trás.

Ali, na orla da clareira, a lua mostrava as bolotas espalhadas pelo chão. Auri passou alguns minutos colhendo as que tinham o chapéu perfeito e guardando-as no saco coletor.

Perambulou por entre as lápides e parou diante de uma que estava quebrada, com letras desgastadas pela chuva e pelo tempo. Tocou-a com dois dedos e seguiu adiante. Levantou a hera de um monumento, depois virou-se para ver o loureiro que avultava no canto oposto do terreno. Suas raízes se estendiam por entre as lápides, seus galhos assomavam no alto. Era uma coisa solitária. Toda estranha e deslocada.

Chegando mais perto, com os pezinhos bem ajustados entre as raízes, Auri fez pressão com a mão no tronco escuro da árvore. Respirou fundo o aroma cálido de suas folhas. Circundou-a lentamente e divisou um vão escuro entre as raízes.

Meneou a cabeça, enfiou a mão no saco coletor e retirou o osso que tinha achado no dia anterior. Ajoelhou-se e o encaixou bem fundo no espaço escuro e oco embaixo da árvore. Sorriu com satisfação.

Levantou-se, espanou a terra dos joelhos e se espreguiçou. E então começou a colher as frutinhas azuis do loureiro e a guardá-las no saco.

DEPOIS DISSO, EXPLOROU A FLORESTA. ENCONTROU um cogumelo e o comeu. Encontrou uma folha e aspirou seu aroma. Contemplou as estrelas.

Ainda mais tarde, cruzou um riacho que nunca tinha visto e se surpreendeu ao achar uma pequena fazenda aninhada entre as árvores.

Ficou surpresa, mas satisfeita. Era um lugar de bom gosto. Todo de pedra, com ardósia sobre o telhado pontudo. Na varanda dos fundos, perto da porta, uma mesinha. Ali descansava um prato de madeira, coberto por uma tigela de madeira emborcada. A seu lado havia uma tigela de barro, tapada por um prato de barro vitrificado.

Auri levantou a tigela de madeira e achou embaixo dela um pedaço de pão integral fresco. Nele havia saúde e coração e lareira. Uma coisa encantadora e repleta de convite. Ela o guardou no bolso.

Sabia que a outra tigela continha leite, mas o prato que a cobria estava virado para cima. Auri o deixou para as fadas.

Mantendo-se na sombra, contornou o jardim e foi ao celeiro. Lá havia um cão estranho, todo tendões e rosnado. Sua massa equivalia a uma vez e meia o peso de Auri e seus ombros batiam quase no peito dela. Saiu das sombras quando ela chegou perto do celeiro.

Era preto, com o pescoço grosso e cicatrizes no rosto todo. Uma orelha era desigual e lhe faltava um naco, perdido em alguma briga esquecida. Ele se aproximou devagar, mantendo baixa a cabeçorra e se movendo com desconfiança, de um lado para outro, observando-a.

Auri sorriu e estendeu a mão. O cão a farejou, lambeu seus dedos, abriu a bocarra num enorme bocejo e se ajeitou para dormir.

O celeiro era imenso: pedra embaixo e madeira pintada em cima. As portas estavam trancadas com um gordo cadeado de curral. Mas, no alto, o palheiro estava bem aberto para saudar a noite. Auri subiu na pedra, cheia de nós de hera, com a rapidez de um esquilo. Foi mais devagar na segunda metade, pois as tábuas do celeiro pareceram estranhas a suas mãos e seus pés.

O celeiro estava repleto de almíscar e de sono. Estava escuro, também, a não ser por umas finas réstias de luar enviesadas pelas paredes de madeira. Auri abriu a caixinha de Foxen e sua luz verde-azulada ampliou-se, enchendo o espaço aberto.

Um cavalo velho afagou o pescoço de Auri com o focinho quando ela passou por sua baia. Ela lhe sorriu e se demorou escovando o rabo e a crina do animal. Havia uma cabra prenha que baliu uma saudação. Auri pôs um punhado de cereal em seu comedouro. Havia um gato, e os dois se ignoraram.

Auri passou algum tempo ali, examinando tudo. A pedra de amolar. A mó. A batedeira de manteiga, pequena e bem equipada. Uma pele de urso estendida num suporte para curar. Era um lugar aprazível, bastante incomum. Tudo era bem cuidado e amado. Nada que ela pudesse ver era inútil, deslocado ou errado.

Bem, *quase* nada. Até o barco mais bem vedado deixa entrar um pouco d'água. Um nabo solitário havia caído de sua cesta e fora abandonado no chão. Auri o pôs em seu saco coletor.

Havia também uma grande máquina de resfriar de pedra na qual se empilhavam blocos de gelo, cada um mais grosso que um tijolo de cinzas e com o dobro de seu comprimento. Dentro do recipiente Auri encontrou cortes de carne e manteiga cremosa doce. Havia um pedaço de sebo numa tigela e um favo de mel numa bandeja.

O sebo estava enfurecido. Era uma tempestade de maçãs de outono, velhice e raiva. Não queria outra coisa senão partir. Auri o guardou no fundo do saco de linho.

Ah, mas o favo de mel. Era um encanto. Nem um pouquinho roubado. O fazendeiro amava as abelhas e fazia as coisas da maneira certa. O favo era cheio de sinos silenciosos e tardes sonolentas de verão.

Auri apalpou o interior dos bolsos. Passou os dedos pelo cristal e pelo bonequinho de pedra. A rocha também não era adequada para aquele local. Enfiou a mão no saco coletor e tateou entre as bolotas que havia colhido.

Por um longo momento, pareceu que nada do que ela havia levado se encaixaria direito. Mas então seus dedos o encontraram e Auri compreendeu. Com cuidado, tirou o pedaço de fina renda branca de bilro. Dobrou-o e o deixou perto da batedeira. A renda era obra cuidadosa de muitos dias longos e sonolentos de outono. Encontraria um propósito num lugar como aquele.

Então, Auri pegou o pano branco e limpo em que tinham estado as drupas de azevinho e esfregou manteiga nele. Em seguida, quebrou um pedaço do favo grudento, do tamanho de sua mão espalmada, e o embrulhou da melhor maneira possível.

Adoraria levar também um pouco da manteiga, já que a sua estava cheia de facas. Dessa havia onze blocos quadrados, alinhados na prateleira do resfriador. Cheios de cravo e canto de pássaros e, estranhamente, uns toques carrancudos de barro. Mesmo assim, eram todos adoráveis. Auri vasculhou o saco coletor e procurou duas vezes em todos os bolsos, mas, no fim, ainda saiu de mãos vazias.

Fechou bem o resfriador. Depois, subiu a escada para a janela aberta do palheiro. Guardou Foxen e desceu devagar pela lateral do celeiro, com o saco bem preso nas costas.

No chão, afastou do rosto o cabelo esvoaçante e beijou o cachorrão no alto de sua cabeça adormecida. Saltitando, dobrou a esquina do celeiro e deu mais ou menos dez passos antes que um arrepio na nuca lhe dissesse que estava sendo observada.

Ela parou no meio de uma passada e ficou imóvel feito uma pedra. Tocado pelo vento, seu cabelo se mexia sozinho, e aos poucos lhe cercou o rosto com a delicadeza de uma baforada de fumaça.

Sem movimentar nada além dos olhos, Auri a viu. No segundo andar, no negrume de uma janela aberta, avistou um rostinho pálido, ainda menor que o seu. Uma garotinha a observava de olhos arregalados, com a mãozinha na boca.

O que teria visto? A luz verde de Foxen brilhando entre as ripas de madeira? A forma pequenina de Auri, obscurecida pelo cabelo feito lanugem de cardo, descalça ao luar?

O sorriso repentino de Auri foi escondido pela cortina de cabelo. Ela saltou, fazendo uma estrela. A primeira em séculos. O cabelo fino a seguiu feito cauda de cometa. Auri olhou em volta e viu uma árvore com um buraco escuro no tronco. Foi dançando até lá, girando e saltando, e se inclinou para ver o interior do buraco.

Então, de costas para a casa da fazenda, abriu a caixa de Foxen e ouviu um minúsculo arquejo propagar-se pela noite silenciosa às suas costas. Tapou a boca com uma das mãos para não rir. O buraco era perfeito, com a profundidade exata para que uma garotinha pudesse introduzir sua mão e apalpar o interior. Isso se fosse curiosa. Se fosse corajosa o bastante para enfiar o braço lá dentro, quase até o ombro.

Auri tirou o cristal do bolso. Beijou-o, bravo explorador que era, além de sortudo. Era a coisa perfeita. E aquele era o lugar perfeito. É verdade que ela já não estava nos Subterrâneos. Mas, assim mesmo, isso era tão verdadeiro que não podia ser negado.

Embrulhou o cristal numa folha e o depositou no fundo do buraco.

Em seguida, correu para dentro do arvoredo, dançando, pulando e rindo alto e à larga.

VOLTOU AO CEMITÉRIO E SUBIU numa grande laje plana. Com as costas empertigadas e sorrindo, preparou para si mesma um jantar adequado, composto de pão integral macio e um tantinho de mel. Depois, comeu sementes recém-tiradas das bolotas, cada qual uma iguaria minúscula e perfeita.

Durante todo esse tempo, seu coração transbordava. Seu sorriso era maior do que a esguia lua crescente. Auri também lambeu os dedos, como se fosse uma coisa vulgar, toda travessa e indecorosa.

Vazio

NO TERCEIRO DIA, Auri chorou.

A escuridão raivosa

Quando Auri acordou, no quarto dia, as coisas tinham mudado.

Ela percebeu isso antes de se espreguiçar. Antes de entreabrir os olhos na escuridão ininterrupta. Foxen estava assustado e cheio de montanhas. Então, esse era um dia de velas minguantes. Um dia de queimar.

Ela não o culpou. Sabia como isso podia ser. Alguns dias simplesmente pesavam na gente feito pedras. Uns eram volúveis como gatos, escapulindo quando a pessoa precisava de consolo, voltando quando ela não os queria, empurrando-a, tirando-lhe o fôlego.

Não. Ela não censurava Foxen. Mas, por meio minuto, desejou que fosse outro tipo de dia, mesmo sabendo que nada de bom podia advir de querer algo do mundo. Mesmo sabendo que era maldade fazer isso.

Ainda assim, os dias de queimar eram centelhantes. Quebradiços demais. Não eram bons dias para fazer. Eram bons para se ficar quieto e manter o chão firme embaixo dos pés.

Mas só lhe restavam três dias. Ainda havia muito o que fazer.

Movendo-se com delicadeza no escuro, Auri apanhou Foxen em seu prato. Ele praticamente se consumia de medo; desse jeito, não haveria como persuadi-lo; estava tão mal-humorado que foi quase grosseiro. Assim, ela lhe deu um beijo e o devolveu ao seu lugar apropriado. Depois saiu da cama, sob o manto tenebroso da escuridão completa e pesada. Não fazia diferença estar de olhos abertos, por isso os deixou fechados enquanto suas mãos buscavam a caixa de cedro. Deixou-os fechados enquanto pegava fósforos e uma vela.

Riscou um fósforo no chão; ele chiou, soltou uma chispa e se partiu. Mau começo para um dia ruim. O segundo fósforo mal chegou a soltar faíscas, apenas estalou. O terceiro rachou-se. O quarto acendeu e apagou. O quinto triturou-se e se desfez em nada. E esses eram todos.

Auri sentou-se por um momento no escuro. Já havia acontecido algumas vezes. Já fazia muito tempo, mas ela se lembrava. Estivera sentada assim, vazia feito casca de ovo. Vazia e com o peito carregado, na escuridão raivosa, quando o ouvira tocar pela primeira vez. Antes de ele lhe dar seu novo nome, doce e perfeito. Um pedaço de sol que nunca a deixava. Uma dentada no pão. Uma flor no coração dela.

Pensar nisso tornou-lhe mais fácil ficar de pé. Ela sabia o caminho para a mesa da cama. Havia água fresca na bacia. Lavaria o rosto e as mãos...

Mas não havia sabonete. Auri tinha usado o último pedaço. E todas as suas outras barras estavam em seu devido lugar, na Padaria.

Ela voltou a se sentar no chão, ao lado da cama. Fechou os olhos. E quase ficou por ali, toda corda arrebentada e cabelo embaraçado, e sozinha como um botão.

Mas ele viria. Chegaria logo, todo meigo e valente e arrasado e bondoso. Viria carregado e com dedos habilidosos e, ah, tão desconhecedor de, ah, tantas, tantas coisas! Ele era rude com o mundo, mas, mesmo assim...

Três dias. Chegaria para uma visita em três breves dias. E, apesar de todo o trabalho e perambulação, Auri ainda não havia encontrado um presente adequado para ele. Apesar de tudo o que sabia sobre o jeito das coisas, não tinha captado sequer um eco vazio de algo que pudesse levar.

Nem presente adequado nem, até aquele momento, nada que ela pudesse dividir. Simplesmente não podia ser assim. Por isso, Auri se recompôs e, levantando-se devagar, pôs-se de pé.

Havia três saídas do Manto. O corredor estava escuro. O portal estava escuro. A porta estava escura e fechada e vazia e não era nada.

Assim, sem amigos nem luz a guiá-la, Auri fez sua lenta e cuidadosa saída pelo corredor, caminhando para o Arboreto.

Passou pelo Urso de Cera, roçando os dedos de leve na parede para conseguir encontrar o caminho. Escolheu a rota mais longa, porque os Saltos eram perigosos demais sem luz. Então, após atravessar metade de Piquerinho, ela parou e fez meia-volta, por medo de encontrar o Doze Negro mais adiante. O ar no alto tão escuro e parado e gelado quanto o poço embaixo. Naquele dia, ela não suportaria pensar nisso.

Logo, não lhe restava outro caminho senão a úmida e bolorenta Escapada. E, como se não bastasse, o único caminho adequado, que passava pelo Acastanhado, era desnecessariamente estreito e todo atravessado por teias, que prendiam no cabelo, deixando-a grudenta e irritada.

Mas ela acabou achando o caminho para o Arboreto. O sonzinho gratificante da água correndo no poço de resfriar veio saudá-la, e só então Auri se lembrou de como estava faminta. Encontrou na prateleira os poucos fósforos que lhe restavam e acendeu sua lamparina a álcool. A súbita luminosidade lhe doeu nos olhos e, mesmo depois que ela se recuperou, a chama amarela saltitante fazia tudo parecer estranho e angustiado.

Auri pôs no bolso os cinco fósforos restantes e bebeu água do poço de resfriar. As prateleiras pareceram mais vazias que de hábito, à luz estranha e irrequieta. Ela lavou as mãos e o rosto e os pés na água gelada. Depois, sentou-se no chão e comeu o nabo em pedacinhos. Em seguida, comeu o último figo que sobrara. Seu rosto miúdo exibia uma expressão grave. O cheiro de noz-moscada formigava no ar.

───◆───

TODA TREMELUZENTE E GRUDENTA de teias de aranha, Auri seguiu para a Padaria. Que nesse dia não estava forneira, mas acocorada e macambúzia, como uma fornalha esquecida.

Passou pelos canos melodiosos, virou para um lado e tornou a virar, percorrendo o trajeto para o nichozinho atijolado que era absolutamente perfeito para maturar sua reserva oculta de sabonete. Não quente, mas seco. E...

Não havia sabonete. Ele tinha sumido.

Mas não. Era a luz cambiante da espiriteira que a estava enganando. Toda esquisita e amarela. Jogava sombras em toda parte. Modificava os Subterrâneos. Não era digna de confiança. Era óbvio que esse era outro nichozinho atijolado, vazio até não poder mais.

Ela fez meia-volta e seguiu seus passos de volta ao Rescaldo. Depois retornou, contando as viradas. Esquerda e direita. Esquerda, depois esquerda, depois direita.

Não. Ali era a Padaria. Aquele era o seu nicho. Mas não havia nada nele. Nada de saco de aniagem. Nada de barras meticulosas de perfeito sabonete de verão. Mesmo na morna irradiação do lugar Auri sentiu um frio na barriga. Haveria alguém em seus Subterrâneos? Alguém estaria trocando coisas de lugar? Arranhando a polidez de todos os seus longos e árduos anos de trabalho?

Toda lacrimosa e frouxa por dentro, ela saiu procurando,

espiando pelos cantos e iluminando sombras com a lamparina. A poucos passos de distância, encontrou seu saco de aniagem em frangalhos. Por baixo da fragrância do seu doce sabonete de citerina havia cheiro de urina e almíscar. E um tufo de pelo onde algum bichinho escalador tinha se esfregado num ressalto de tijolo.

Auri parou. Toda descabelada e grudenta. Seu rostinho, a princípio, ficou perplexo, atordoado, naquele amarelo tremeluzente. E então sua boca enfureceu-se. Os olhos endureceram. Uma *coisa* havia comido todo o seu sabonete perfeito.

Estendendo a mão, ela segurou o tufo de pelo entre os dedos. Foi um gesto tão tenso de raiva que Auri teve medo de perder a cabeça e partir o mundo em dois. Oito barras. O estoque de sabonete de um inverno inteiro. Alguma coisa havia comido todo o sabonete feito por ela. Atrevera-se a ir ali, ao lugar certo do sabonete, e comer *tudo*.

Auri bateu o pé no chão. Desejou que aquela coisa esganada passasse uma semana fazendo cocô. Torceu para que defecasse as tripas do seu eu horroroso, de cabo a rabo, e depois caísse numa fenda, perdesse o nome e morresse sozinha, vazia e oca na escuridão raivosa.

Jogou o tufo de pelo no chão. Tentou correr os dedos pelo cabelo, mas eles empacaram nos nós emaranhados. Por um segundo, seus olhos endurecidos ficaram marejados, mas Auri conteve as lágrimas.

Acalorada pela Padaria e toda suada de raiva e com a incorreção de tudo, virou-se e saiu tempestuosamente, os pés descalços batendo enfurecidos na pedra.

NA VOLTA PARA O MANTO, Auri pegou o caminho mais curto. Toda desgrenhada e emporcalhada, tirou um tempinho para mergulhar no poço no fundo do Doze Prateado e se sentiu um pouquinho melhor. Aquilo estava longe de ser um banho satisfatório. Uma molhadela. Uma enxaguada. E fria. Mas era melhor do que nada, nem que fosse apenas isso. A lua espiava vagamente pela grade do alto. Mas era gentil e distante, por isso Auri não se incomodou.

Ao sair da água, sacudiu-se e esfregou a pele molhada com as mãos. Não podia pensar em voltar a Assadores para se secar. Não naquele dia. Deu uma olhadela no luar que espiava pela grade do alto, e mal começara a espremer a água do cabelo quando ouviu o ruído. Um espadanar minúsculo. Um guinchinho choramingado. O som da aflição.

Ela saiu em disparada, procurando, num longo momento de pânico. Às vezes, uma coisa perdida ia parar no fundo do Doze e caía no poço ao beber água.

Foi ofegante a demora até o encontro. A porcaria da tremeluzinha horrorosa parecia projetar mais sombras do que as afastar. E vinham ecos de toda parte, espalhados pelos canos e pela água do Doze Prateado, de modo que os ouvidos mal chegavam a ajudar.

Enfim, Auri a achou. Uma coisinha minúscula, choramingando e chapinhando sem forças. Era pouco mais que um bebê, mal tinha idade suficiente para sair sozinho. Ela segurou um gancho pendente e se inclinou sobre a água, levantando uma perna para se equilibrar, enquanto o outro braço se estendia à frente da cabeça. Esticou-se como uma dançarina. Sua mão descreveu um arco suave e mergulhou na água, recolhendo com delicadeza a coisinha miúda e encharcada...

E ela a *mordeu*. Cravou os dentes no pedacinho carnudo entre o indicador e o polegar.

Auri piscou e voltou para a borda, segurando gentilmente o gambazinho na mão em concha. Ele se debateu e ela foi forçada a apertá-lo mais do que gostaria. Se ele tornasse a cair no poço, poderia arquejar e se afogar antes que ela o achasse e o pescasse de novo.

Quando voltou a pôr os dois pés na pedra, Auri fez uma gaiola para o gambazinho com as duas mãos encostadas no peito. Sem poder segurar a lamparina, ela confiou no luar e subiu correndo o Férreo Antigo. O bicho se debateu e a arranhou no peito, lutando para se soltar, e lhe deu uma segunda mordida na ponta do dedo mindinho.

Mas aí Auri já havia chegado à grade mais próxima. Levantou a mão e cutucou a pobre coisinha perdida para o lado de fora. Para fora dos Subterrâneos e de volta a seu lugar noturno apropriado, feito de mães, latas de lixo e pedras de calçamento.

Auri refez o caminho para o fundo do Doze Prateado e mergulhou a mão latejante no poço. Doía muito, mas, na verdade, seus sentimentos é que estavam feridos. Fazia uma era mortal desde a última vez que alguma coisa fora tão rude com ela.

Seu nome lhe pendia do peito, escuro e pesado, quando Auri arrastou o vestido para enfiá-lo pela cabeça. Ele não lhe caiu muito bem. Era como se tudo a olhasse arrevesadamente à luz amarela. Seu cabelo estava um horror.

Ela caminhou de volta para o Manto pelo trajeto mais longo, para evitar Van e não ter que se ver no espelho. Ao entrar no Porto, notou que quase tudo estava errado. É claro. Era mesmo esse tipo de dia.

Pôs a lamparina na mesa com mais força do que precisava e fez a chama pular alto. Depois, trabalhou o melhor que pôde para arrumar o lugar. O azevidro pertinho dos segredos dobrados do livro in-oitavo, todo por cortar? Não. Sozinho na borda mais distante da prateleira dois. A resina precisava de seu espaço. O pote transbordante de bagas azul-escuras de loureiro voltou para a mesa do canto. A pequena estatueta de pedra empoleirou-se no alto do suporte de garrafas de vinho, como se fosse muito melhor que o resto deles.

A única coisa que permaneceu no lugar foi o recém-conquistado pedaço perfeito de favo de mel. Auri quase lhe deu uma dentada, apenas para iluminar seu dia. E podia tê-lo feito, por mais egoísta que isso fosse. Mas não conseguiu suportar a ideia de tocá-lo, dadas as condições em que ela se achava.

Quando as coisas ficaram acertadas da melhor maneira que lhe foi possível, Auri pegou a lamparina e entrou no Manto. Sua caixa de cedro achava-se em estado de ligeira perturbação e havia fósforos partidos espalhados, mas as duas coisas foram prontamente corrigidas. A engrenagem de bronze estava bem. Assim como sua folha perfeita. A caixa de pedra. O anel de ouro outonal. O pote de vidro cinzento cheio de alfazema. Todos bem. Auri relaxou um pouco.

E então viu o cobertor. O cobertor perfeito que ela mesma fizera, só da maneira mais apropriada. Ele se retorcera e havia um canto caído no chão, inteiramente nu.

Auri permaneceu imóvel por um longo momento. Achou que fosse chorar, mas, ao apalpar seu interior, descobriu que não lhe restava pranto algum. Estava repleta de vidro partido e carrapichos. Cansada e decepcionada com tudo de tudo. E sua mão doía.

Mas não restava nenhuma lágrima dentro dela. Assim, em vez de chorar, Auri recolheu o cobertor e o levou para o Enfunado. Lá, pendurou-o feito cortina no centro do túnel, num cano limpo de bronze que procurou; deixou o vento interminável passar e viu o cobertor oscilar suavemente de um lado para outro, feito um vimeiro. Enfunou-se e tremulou, mas foi só.

Auri franziu a testa e se deslocou para puxá-lo. Mas foi descuidada e uma lufada de vento apagou a lamparina. Reacendê-la custou outro precioso fósforo.

Depois que o Enfunado tornou a se encher de tremeluz, Auri desceu o cobertor, virou-o do outro lado e tornou a pendurá-lo no cano. Mas não. De frente ou de costas, não fez a mínima diferença.

A seguir, ela subiu ao Férreo Antigo e achou a grade que mais gostava da lua. O luar pálido descia em plumas, feito gotas de neve, como uma lança de prata. Auri estendeu o cobertor para um banho de lua, para que ele se refestelasse.

Não adiantou.

Ela o carregou de volta por todo o Crivo. Levou-o ao alto de Correntes, jogou-o lá de cima e o viu despencar pelo labirinto de arames até se prender num deles, perto da base, e ficar ali pendurado, subindo e descendo suavemente. Auri o carregou de volta para o Manto e o enrolou na tal engrenagem de bronze, medonha, exasperante e teimosa, que ficava lá tripudiando e dourando à luz tremelante.

Não adiantou nada.

Incapaz de pensar em outro lugar que ajudasse a amenizar a ofensa, Auri carregou o cobertor por todo o trajeto até a Galeria e entrou em sua nova e perfeita sala de estar. Estendeu-o no encosto do sofá. Dobrou-o e o colocou na poltrona.

Por fim, em autêntico desespero, assumiu um ar resoluto e estendeu o cobertor por cima do suntuoso tapete vermelho no centro da sala. Alisou-o com as duas mãos, tomando o cuidado de não deixar que tocasse nas pedras do piso. Ele se superpôs quase perfeitamente ao tapete. E, pela segunda vez, Auri sentiu crescer no peito a esperança de que...

Mas não. Aquilo não resolveu nada. E então ela compreendeu. Tinha sabido desde sempre, na verdade. Nada endireitaria o cobertor.

Fechando a cara, Auri o levantou, embolou aquela coisa ingrata e subiu a escada sem nome. Sentiu-se achatada e arranhada como uma velha pele de animal. Seca como papel escrito dos dois lados. Nem a implicância brincalhona do novo degrau de pedra conseguiu instilar nela um sopro de alegria.

Ela escalou os escombros, atravessou a parede quebrada e entrou na Carreta. A sala pareceu diferente à luz bruxuleante e amarela. Cheia de medo e decepção iminentes.

Quando Auri passou os olhos pela penteadeira, viu-a de modo diferente. Agora ela não pareceu desinibida. Sob a luz cambiante, Auri identificou uma inclinação sinistra e captou um vislumbre do que a estava desviando do prumo. Sentiu as bordas esfarrapadas de sua perturbação.

Mas, desgrenhada e pegajosa, sem asseio e oca como estava, Auri se achava longe das condições apropriadas para fazer reparos. Não sentiu a menor vontade de cuidar daquela coisa ingrata.

Em vez disso, ajoelhou-se diante do guarda-roupa e pôs a lamparina a álcool a seu lado. Sentiu os joelhos frios no piso de pedra ao abrir a gaveta e contemplar lá dentro os lençóis dobrados.

Fechou os olhos. Tensa, inspirou uma longa golfada de ar e a deixou escapar num suspiro.

Ainda de olhos fechados, enfiou o cobertor com força na gaveta. E então pôs a mão no lençol de cima. Sim. Era certo. Mesmo sem ver, sentiu a suavidade dele. Seus dedos deslizaram pela superfície cor de creme...

Auri ouviu um chiadinho e sentiu cheiro de cabelo queimado.

Num sobressalto, rastejou feito louca para trás, de gatinhas, para longe da odiosa chama cuspidora amarela. Ao segurar o cabelo, teve o frio consolo de ver que apenas algumas mechas soltas tinham se chamuscado. Voltou ao guarda-roupa pisando duro, tirou o cobertor de lá e bateu com a gaveta, furiosa demais até para pensar em ser adequadamente educada.

Depois, ao atravessar a parede quebrada, deu uma topada num bloco protuberante de pedra. Por pouco não deixou cair a espiriteira. Gritou de dor e cambaleou para recuperar o equilíbrio.

Sentou-se com força no chão, segurando o pé. Só então percebeu que deixara cair o cobertor, que jazia na pedra nua a seu lado. Auri trincou os dentes com tanta força que teve medo de quebrá-los.

Passado um longo momento, recolheu suas coisas, voltou a custo para o Porto e, com raiva, enfiou o cobertor no suporte de garrafas de vinho. Porque agora era aquele o lugar dele. Porque era assim que as coisas tinham que ser.

———◆———

AURI PASSOU MUITO TEMPO SENTADA em sua cadeira de pensar, fuzilando com os olhos a engrenagem de bronze, que, à luz amarela, era toda lampejos e mel aquecido. Fuzilou-a com os olhos assim mesmo. Como se a culpa fosse dela. Como se a engrenagem é que tivesse bagunçado tudo.

Com o tempo, seu mau humor se esgotou. Com o tempo, Auri se acalmou o suficiente para reconhecer a verdade.

Não se podia lutar contra a maré ou alterar os ventos. E se houvesse uma tempestade? Bem, uma garota devia se preparar para a crise e baldear água, e não controlar o cordame. Como é que Auri poderia não bagunçar as coisas no estado em que se encontrava?

Tinha se desviado do funcionamento correto de tudo. Primeiro você se acerta. Depois endireita sua casa. E, depois, o seu canto do céu. E em seguida...

Bem, ela não sabia ao certo o que acontecia em seguida. Mas esperava que, depois *disso*, o mundo começasse a cuidar um pouco do seu próprio funcionamento, como um relógio de algibeira bem regulado e azeitado. Era o que esperava que acontecesse. Porque, francamente, havia dias em que ela se irritava. Estava muito cansada de ser tudo, ela mesma. A única que cuidava do funcionamento adequado do mundo.

Mesmo assim, era emburrar-se ou navegar. Por isso, Auri se levantou a lavou o rosto, as mãos e os pés. Não havia sabonete, é claro. Estava longe de ser um banho adequado. Não a fez sentir-se nem um pouquinho melhor. Porém o que mais ela podia fazer?

Aproximou a lamparina da boca e apagou com um sopro a

língua amarela de chama. A escuridão inundou tudo e encheu o quarto, e Auri deitou-se em sua cama estreita e nua.

PASSOU UM LONGO TEMPO DEITADA no escuro. Estava cansada e desgrenhada e faminta e vazia. Sentia-se esgotada no coração e na cabeça. Mas, mesmo assim, o sono não vinha.

A princípio ela achou que fosse a solidão. Ou o frio, que a deixava com areia nos olhos e irrequieta. Talvez fosse a dor surda da mão, duas vezes mordida.

Mas não. Isso não era nada menos do que ela merecia. Não eram coisas suficientes para mantê-la de olho arregalado durante a noite. Ela havia aprendido a dormir com coisa pior. Nos tempos antes de ele chegar. Nos anos antes de ela ter seu nome novo, doce e perfeito.

Não. Ela sabia qual era o problema. Levantou-se da cama e pegou um de seus poucos fósforos. Ele acendeu na primeira tentativa, e Auri deu um sorriso branco à luz vermelha de seu clarão sulfuroso.

Acendeu a espiriteira e a carregou para o Porto. Sentindo-se culpada, retirou o cobertor do suporte de garrafas de vinho. Alisou-o com delicadeza sobre a mesa, murmurando um pedido de desculpas. E lamentou *mesmo*. Auri não se deixava enganar. A crueldade nunca tinha ajudado a fazer o mundo girar.

Dobrou o cobertor cuidadosamente, com mãos gentis. Juntou direitinho as pontas e o manteve reto e correto. Depois, achou o lugar certo para ele na estante de livros e trouxe para perto a pedra lisa cinzenta, para que não lhe faltasse companhia. Faria frio à noite e Auri sentiria falta dele. Mas o cobertor estava feliz ali. Não merecia ser feliz? Por acaso tudo não merecia seu lugar certo?

Ainda assim, ela chorou um pouco ao ajeitá-lo, acomodando-o na prateleira.

Retornou ao Manto e se sentou na cama. Depois, voltou ao Porto para ter certeza de que seu choro não havia distorcido tudo. Mas não. Escovou o cobertor com as mãos, consoladora. Ele estava como devia estar. Feliz.

De novo no Manto, Auri movimentou-se pelo quarto simples, certificando-se de que tudo estava como devia. Sua cadeira de pensar estava certinha. A caixa de cedro, bem encostada na parede. O prato e o vidro conta-gotas de Foxen descansavam na prateleira de cabeceira. A engrenagem de bronze sentava-se em seu nicho, indiferente ao mundo.

A lareira estava vazia: limpa e arrumada. A mesinha de cabeceira segurava sua minúscula xícara de prata. Acima da lareira, no console, encontrava-se sua folha amarela perfeita. E a caixinha de pedra. O pote de vidro cinzento com a generosa alfazema desidratada. O anel de doce e cálido ouro outonal.

Auri tocou em cada uma dessas coisas para ter certeza delas. Eram tudo o que deviam ser e nada mais. Não poderiam ser melhores.

Apesar disso tudo, ela se sentiu inquieta. Ali, em seu lugar mais perfeito.

Correu até a Banca, trouxe uma vassoura e se pôs a varrer o chão do Manto.

Levou uma hora. Não por uma bagunça qualquer, mas é que varreu devagar e com cuidado. E havia muito chão. Não era comum ela pensar nisso, visto que o Manto praticamente já não precisava de cuidados, mas ele *era* um lugar grande.

Era dela, e o lugar a amava, e ela se encaixava ali como uma ervilha em sua vagem perfeita. Mas, ainda assim, havia muito piso vazio.

Limpo o chão, Auri devolveu a vassoura. Na volta, passou pelo Porto para dar uma olhadela no cobertor. Ele parecia passar bem, mas Auri levou para perto dele o azevidro, para que também lhe fizesse companhia, pelo sim, pelo não. Sentir-se solitário era terrível.

Tornou a entrar no Manto e pôs a lamparina a álcool em sua mesa. Pegou os três fósforos restantes e também os colocou em cima dela.

Ao se sentar na beira da cama, percebeu o que estava fora de lugar. Ela mesma estava perturbada. Tinha visto algo na Carreta e não cuidara disso. Pensou na penteadeira do espelho triplo e um dedinho de culpa deslizou pelas bordas de seu coração, fazendo cócegas.

Mesmo assim. Agora ela estava muito cansada, até os ossos. Cansada e magoada. Talvez, só dessa vez...

Franziu a testa e balançou a cabeça furiosamente. Em certos momentos ela era uma coisa malvada. Toda cheia de vontades. Como se a forma do mundo dependesse do seu estado de espírito. Como se ela fosse importante.

Assim, levantou-se e retornou devagar à Carreta. Desceu até o Derruído. Atravessou a Galeria. Passou por Anelado, perfeito como um círculo, e subiu a escada sem nome.

Depois de escalar a parede quebrada, Auri olhou bem para a penteadeira sob a luz bruxuleante. Ao fazer isso, sentiu o coração elevar-se ligeiramente no peito. A luz cambiante no espelho triplo fazia sombras incontáveis dançarem pelos frascos no tampo.

Chegando mais perto, Auri observou com atenção. Nunca teria visto aquilo de forma adequada sem a natureza mutável da luz amarela. Chegou para a esquerda, depois para a direita, olhando as coisas pelos dois lados. Inclinou a cabeça. Pôs-se de joelhos para ficar com os olhos no mesmo nível do tampo da penteadeira. Um sorriso repentino e ensolarado derramou-se por seu rosto.

Com as costas empertigadas, Auri sentou-se na beirada da cadeira em frente à penteadeira. Tentou não olhar para os espelhos, ciente da aparência que devia ter. Um desalinho sem banho, de olhos vermelhos e cabelo emaranhado. Magra demais. Pálida demais. Nem de longe uma grande dama. Em vez de se olhar, abriu as duas gavetas e as fitou por um momento, deixando a luz amarela e as sombras deslizarem lá por dentro.

Passados vários minutos, assentiu com a cabeça para si mesma. Tirou o par de luvas da gaveta da direita e o colocou perto do espelho, junto a um pote de ruge. Depois, soltou por completo a gaveta da direita e a trocou por sua parceira da esquerda. Passou um bom tempo ali, movendo as duas gavetas para lá e para cá em seus novos trilhos, com uma expressão de atenta concentração no rosto.

Tudo no tampo estava desarrumado, com frascos e quinquilharias espalhados. Apesar disso, quase tudo era exatamente como devia ser. As únicas exceções eram a escova de cabelo, que Auri pôs na gaveta da esquerda com os lenços, e um pequeno broche de ouro com dois pássaros em voo, que escondeu embaixo de um leque dobrado.

Depois disso, a única coisa fora do lugar ficou sendo um delicado frasco azul, com tampa rosqueada de prata. Como muitos dos outros frascos, estava caído de lado. Auri o levantou, mas isso não foi correto. Tentou guardá-lo numa gaveta, mas ele também não se encaixou.

Ela o apanhou e escutou o tilintar do líquido em seu interior. Correu os olhos pelo quarto, insegura. Tornou a abrir as gavetas da penteadeira e de novo as fechou. Não parecia haver lugar para o frasco.

Ela o agitou displicentemente e tamborilou nele com a unha. O cristal azul-claro era delicado como uma casca de ovo, mas estava cheio de poeira. Auri deu um bom polimento no frasco, na esperança de que ele se mostrasse um pouco mais afável.

Depois de limpo, ele reluziu como o coração de um deus do gelo esquecido. Revirando-o nas mãos, Auri viu letras minúsculas gravadas no fundo. Diziam: *Para Minha Inebriante Ester*.

Auri cobriu a boca com a mão, mas um risinho abafado ainda escapou. Com gestos lentos e expressão carregada de incredulidade, tirou a tampa e cheirou o conteúdo. E então riu abertamente, uma sonora gargalhada que veio do fundo do peito. Riu tanto que mal conseguiu repor a tampa no lugar. Ainda ria um minuto depois, quando pôs o frasco no bolso.

Continuou sorrindo enquanto descia com cautela a escada sem nome e, também com cuidado, guardava-o no Porto. Ele gostou mais da estante de livros, o que foi duplamente bom, porque ali faria companhia ao azevidro e ao cobertor.

Auri ainda sorria quando se deitou em sua caminha perfeita. E, sim, a cama estava fria, e solitária também. Mas isso não tinha jeito. Auri sabia melhor que ninguém que valia a pena fazer as coisas direito.

Freixo e borralho

Quando Auri acordou no quinto dia, Foxen tinha se recuperado completamente do seu estado de humor.

Melhor assim. Auri tinha muito trabalho a fazer.

Deitada no escuro, perguntou-se o que o dia traria. Certos dias eram orgulhosos feito trombetas. Anunciavam-se como o trovão. Outros eram corteses, cuidadosos como um cartão manuscrito numa bandeja de prata.

Mas alguns dias eram tímidos. Não diziam seu nome. Esperavam que uma jovem cuidadosa os encontrasse.

Aquele era um dia assim. Tímido demais para bater à porta dela. Seria um dia de visitar? Um dia de enviar? Um dia de produzir? Um dia de consertar?

Auri não soube dizer. Assim que Foxen ficou suficientemente desperto, ela foi à Tamborilada buscar água fresca para sua bacia. E então, de volta ao Manto, lavou o rosto e as mãos e os pés.

Não havia sabonete, é claro. Essa era a primeiríssima coisa que ela ia corrigir. Auri não era presunçosa a ponto de impor sua vontade ao mundo. Mas sabia usar as coisas que o mundo lhe dera. O bastante para o sabonete. Isso era permitido. Fazia parte dos seus direitos.

Primeiro ela acendeu a espiriteira. Com o suave cerúleo de Foxen para atenuá-la, a chama amarela ajudou a aquecer o quarto sem enchê-lo de sombras frenéticas arranhando as paredes, sacudindo e chacoalhando.

Auri abriu a chaminé da lareira e preparou um fogo cuidadoso com seus feixes de gravetos recém-achados. Lenha excelente e seca. Toda freixo e olmo e pilriteiro. Não demorou a fazê-la estalar e ganhar vida.

Fitou o fogo por um instante e virou de costas. Ele queimaria por algum tempo. Era o que Mestre Mandrag sempre dissera: nove décimos da química eram a espera.

Mas Auri tinha bastante trabalho para preencher o tempo. Primeiro, arriscou-se a ir até o Arboreto. Pegou a panelinha de cobre e sua xícara rachada de cerâmica. Pôs no bolso o saco de linho vazio. Olhou para a manteiga no poço de resfriar, franziu a testa para ela e balançou a cabeça, sabendo que não convinha criar caso com as facas que ela continha.

Em vez disso, pegou o pedaço branco e duro de sebo, cheirou-o com curiosidade e sorriu. Recolheu o pequeno tripé, todo de ferro, e apanhou seu saco de sal.

Já ia saindo quando parou e olhou para a tigela de bolinhas de noz-moscada. Muito estranhas e raras. Muito cheias do longínquo. Pegou uma delas e correu as pontas dos dedos por sua casca estriada. Aproximou-a do rosto e respirou fundo. Aroma de almíscar e cardo. Perfume de cortina de bordel, intensa e vermelha e cheia de mistérios.

Ainda em dúvida, Auri fechou os olhos e inclinou a cabeça. A ponta rosada de sua língua esticou-se timidamente para tocar a estranha bolinha marrom. Ficou ali, imóvel como a imobilidade. E então, de olhos fechados, roçou com delicadeza o lado liso da noz com os lábios. Foi um movimento terno, pensativo. Nada parecido com um beijo.

Após um longo momento, a boca de Auri alargou-se num amplo e encantado sorriso. Seus olhos abriram-se como lamparinas. Sim. Sim, sim. Era exatamente isso.

———◆———

A TIGELA DE PRATA COM FOLHAS gravadas era pesada, então Auri fez uma viagem especial e a carregou com as duas mãos para o Manto. Em seguida, buscou o grande pilão de pedra lá onde ele se acocorava, todo furtivo e espreitante, na Casa das Trevas. Foi até Tinidos e voltou com dois vidros. Vasculhou o piso da Decúria até achar umas agulhas de pinheiro espalhadas. Também as levou para o Manto e as depositou no fundo da xícara de cerâmica rachada.

A essa altura o fogo tinha esmaecido em cinzas. Auri as recolheu. Colocou-as na xícara e as compactou bem.

Foi lavar as mãos sujas de fuligem. Lavou também o rosto e os pés.

Preparou outro fogo e o atiçou. Pôs o sebo num caldeirão. Pendurou-o junto ao fogo para derreter. Acrescentou sal. Sorriu.

Voltou ao Arboreto e trouxe de lá as bolotas que havia colhido e uma panela larga e baixa. Descascou e tostou as sementes, então remexeu-as na panela. Salpicou-as com sal e as comeu, uma por uma. Algumas eram amargas. Algumas eram doces. Outras não eram praticamente nada. Esse era simplesmente o jeito de ser das coisas.

Depois de comer tudo, ela deu uma espiada no sebo e viu que não estava pronto. Nem de longe. Assim, uma por uma, quebrou as bolinhas de noz-moscada. Moeu-as no velho pilão de pedra. Moeu até ficarem finas como pó, e aí o guardou num pote. Quebrar e moer. Quebrar e moer. O pilão era uma coisa sinistra, meio bandida e tensa. Mas, depois de dois dias sem um banho apropriado, Auri achou que ele se adequava com perfeição ao seu estado de espírito.

Ao terminar a moenda, tirou do fogo a panela de cobre com o sebo derretido. Mexeu. Retirou a borra até não restar nada além de gordura pelando. Pôs a panela de lado para esfriar. Foi buscar água fresca no cano adequado de cobre em Piquerinho. Encheu a lamparina a álcool numa torneira de aço brilhante, bem escondidinha na Banca.

Quando voltou, o fogo havia apagado outra vez. Ela recolheu as cinzas e as compactou na xícara rachada de cerâmica.

Lavou as mãos sujas de fuligem. Lavou o rosto e os pés.

Acendeu o fogo pela terceira e última vez, depois foi ao Porto e olhou suas prateleiras. Trouxe o frasco de Ester e o colocou perto da lareira, com suas ferramentas. Trouxe o pano das drupas de azevinho.

Em seguida, buscou o pote com as bagas azul-marinho do loureiro. Mas, para sua grande tristeza, ele não quis se encaixar. Por mais que Auri tentasse, o pote simplesmente se recusava a se acomodar com seus utensílios. Nem mesmo quando ela lhe ofereceu o console da lareira.

Auri sentiu-se injustamente provocada. O louro seria ideal. Tinha pensado nele assim que acordara e o sabonete lhe viera à cabeça. Ele se ajustaria como uma mão na outra. Auri havia planejado misturar...

Mas não. Não havia lugar para ele, isso estava claro. Era simplesmente impossível argumentar com aquela coisa teimosa.

Isso a exasperou, mas Auri sabia que não convinha forçar o mundo a se curvar a seus desejos. Seu nome era como o eco de uma dor dentro dela. Auri estava sem banho e com o cabelo desgrenhado. Não seria nada senão pura insensatez. Ela deu um suspiro e levou o pote de bagas de volta a sua prateleira no Porto, onde ele se sentou, egocêntrico e satisfeito.

Então, Auri acomodou-se nas pedras lisas e quentes do Manto. Sentou-se diante da lareira, com os utensílios improvisados dispostos a sua volta.

As cinzas na xícara rachada de cerâmica estavam exatamente como deviam estar. Finas e macias. O carvalho as teria tornado muito difíceis de manejar. A bétula era amarga. Mas aquela era uma mistura perfeita. Freixo e olmo e pilriteiro. Eles compunham uma mescla, sem se fundir nem se intrometer. O freixo era orgulhoso, mas não inconveniente. O olmo era gracioso, mas não impropriamente apétalo, sobretudo para ela.

E o pilriteiro... bem. Auri enrubesceu um tantinho ao pensar nisso. Diga-se apenas que, apétala ou não, ela ainda era uma mocinha saudável, e *existia* mesmo essa coisa de excesso de pudor.

Em seguida, pegou o frasco de Ester. De ésteres? Eles eram terrivelmente acanhados, cheios de momentos roubados e do perfume da flor de silas. Perfeito. Era exatamente de furto que ela precisava ali.

A noz-moscada era estrangeira e uma espécie de estranha. Transbordava de espuma do mar. Um acréscimo adorável. Essencial. Nozes que eram código *e* mistério. Mas isso não era particularmente problemático para Auri. Ela compreendia que alguns segredos deviam ser guardados.

Espiou a panela que esfriava e viu o sebo começando a congelar. Abraçava-se à borda da panela, formando um crescente fino como a lua. Auri sorriu. É claro. Achara-o sob o luar. Ele seguiria a lua até ficar cheio.

No entanto, quando ela o examinou mais de perto, o sorriso se desfez. O sebo era limpo e forte, mas nele já não havia maçãs. E ele também não transbordava de velhice e raiva. Era uma tempestade de fúria.

Isso não serviria, de modo algum. Seria impossível lavar-se com ira, dia após dia. E sem louro para mantê-la afastada... Bem, Auri simplesmente teria que retirar a raiva. Caso contrário, seu sabonete estaria mais do que arruinado.

Voltou ao Porto e olhou em volta. Era uma escolha bem simples. Levantou o favo de mel e deu uma única dentada. Fechou os olhos e se sentiu arrepiar inteira com a doçura. Não pôde deixar de rir ao lamber o mel dos lábios, quase tonta com o trabalho das abelhas dentro dela.

Depois de sugar toda a doçura, cuspiu com delicadeza o pedaço de cera de abelha na palma da mão. Rolou-o entre as mãos até ele formar uma conta redonda e macia.

Pegou a panela com o sebo e foi para o Umbroso. Lá a lua era maternal e espiava bondosamente pela grade. A luz suave infiltrava-se de viés, beijando o piso de pedra dos Subterrâneos. Auri sentou-se junto ao círculo de luz prateada e depôs gentilmente a panela no centro dele.

Agora o sebo resfriado formava um fino anel branco dentro da panela de cobre. Auri assentiu com a cabeça para si mesma. Três círculos. Perfeito para pedir. Era melhor ser gentil e educada. Era um egoísmo da pior espécie impor-se à força ao mundo.

Ela amarrou a conta de cera de abelha num barbante e o mergulhou no sebo ainda quente do centro da panela. Depois de vários momentos, relaxou ao ver que estava funcionando como um encantamento. Sentiu a ira congelar, juntar-se em torno da cera, dirigindo-se a ela como um urso à procura de mel.

Quando o círculo de luar deixou a panela de cobre, cada pedacinho de ira tinha sido retirado do sebo. O uso mais perfeito de um agente que a mão humana já conseguira fazer.

Em seguida, Auri levou a panela para o Arboreto e a colocou na água corrente do poço de resfriar. Rápido como um grilo, o sebo esfriou, formando um disco branco e plano, com dois dedos de espessura.

Auri levantou com cuidado o disco de sebo da superfície da panela e jogou fora a água dourada de baixo dele, notando com displicência que ela continha um toque de sono e todas as maçãs. Era uma pena. Mas não havia nada a fazer, porque assim eram as coisas às vezes.

A conta de cera estava fervilhando. Agora que a raiva fora retirada, Auri percebeu que era muito mais feroz do que ela havia suposto. Era a fúria trovejando ante uma morte prematura, era o ódio de uma mãe pelos filhotes deixados sozinhos.

Auri alegrou-se pelo fato de a conta já estar pendurada num barbante. Detestaria tocá-la com as próprias mãos.

Devagar e em silêncio, pôs a conta num pote de vidro grosso, vedou-o com uma tampa bem apertada e levou o conjunto para a Aduana. Ah, foi muito cuidadosa ao carregá-lo. Ah, tão cuidadosa que o colocou numa prateleira alta de pedra. Atrás do vidro. Era onde ele ficaria mais seguro.

⬥

NO MANTO, O TERCEIRO E ÚLTIMO fogo acendido por Auri tinha se transformado em cinzas. Ela tornou a varrê-las, enchendo a xícara rachada de cerâmica até a borda.

Auri lavou as mãos sujas de fuligem. Lavou o rosto e os pés.

Estava tudo pronto. Ela sorriu e se sentou no piso morno de pedra, com todos os utensílios a seu redor. Por fora estava muito tranquila, mas, por dentro, quase dançava ao pensar em seu novo sabonete.

Depositou o caldeirão no tripé de ferro. Deslizou para baixo dele a lamparina a álcool, para que sua chama quente e brilhante pudesse beijar o fundo de cobre da panela.

Primeiro veio seu disco perfeito de sebo limpo e branco. Era forte, rijo e encantador como a lua. Parte de Auri, uma parte maldosa e irrequieta, queria picá-lo em pedacinhos, para que ele derretesse mais rápido. Para que ela pudesse ter o sabonete mais depressa. Para que pudesse tomar banho e escovar o cabelo e se arrumar, finalmente, depois de tanto tempo...

Mas não. Pôs o sebo com delicadeza no caldeirão, tendo o

cuidado de não ser ofensiva. Deixou-o em seu círculo puro e perfeito. Paciência e decoro. Era a única coisa graciosa a fazer.

Vieram então as cinzas. Auri pôs a xícara de cerâmica sobre um pote quadrado de vidro. Derramou sobre ela água limpa, cristalina, que foi filtrada pelas cinzas e gotejou, pingou, escoou pela rachadura no fundo da xícara. Coloriu-se do vermelho fumarento de sangue e lama e mel.

Caídas as últimas gotas, Auri levantou bem alto o pote com o destilado de cinzas e viu que era tão bom quanto qualquer outro que já tivesse feito. Era de um vermelho-escuro crepuscular. Majestoso e gracioso, uma coisa mutável. Mas, por baixo de tudo, o líquido continha um toque de malícia. Continha todas as coisas adequadas trazidas pela madeira, e também muitas mentiras cáusticas.

Isso seria suficiente. O sebo e o destilado de cinzas produziriam um sabonete aproveitável. Mas que não conteria maçãs. Nada de doce ou gentil. Seria duro e frio como giz. Usá-lo seria como tomar banho com um tijolo indiferente.

Portanto, sim, de certa maneira, esses dois bastariam para o sabonete. Mas não seria terrível? Não seria um horror viver cercada pelo puro e agudo vazio das coisas apenas *suficientes*?

Sentada no piso morno e liso do Manto, Auri estremeceu ao pensar em se mover por tal mundo sem alegria. Nada de perfeito. Nada de belo e correto. Ah, não. Ela era inteligente demais para viver assim. Correu os olhos em volta e sorriu de todo o seu luxo. Tinha alfazema e uma folha, perfeitas e amorosas. Usava seu vestido favorito. Seu nome era Auri, uma reluzente moeda de ouro que estava sempre dentro dela.

Assim, tirou a rolha de prata do frasco azul-claro e verteu o perfume sobre o pó bem moído de noz-moscada. O aroma das flores de silas inundou o quarto, muito doce e leve, em contraste com a ferroada pungente da noz-moscada.

Auri sorriu e mexeu os dois com um graveto de acendalha,

depois derramou a massa espessa, úmida e polpuda no saco de linho que pusera num pote de boca larga. Usou dois pauzinhos para torcer as pontas do saco até o tecido expelir um líquido oleoso, escuro e espesso, que gotejou no pote. Era apenas um gotejamento vagaroso. Apenas uma colherada de líquido. Duas colheradas. Três.

Ela girou os pauzinhos, a boca esticada num fio de concentração. O linho foi espremido com mais força. O líquido escuro brotou, acumulou-se, pingou. Tornou a pingar.

Involuntariamente, Auri desejou ter uma prensa apropriada. Sem isso, o desperdício era grande. Ela esforçou-se com os pauzinhos, mudando a maneira de segurá-los e fazendo-os girarem mais meia volta. Trincou os dentes, enquanto os nós dos dedos esbranquiçavam. Outra gota. Mais três. Dez.

Os braços de Auri começaram a tremer e, sem conseguir se conter, ela olhou de relance para a porta orlada de ferro que levava à Aduana.

Desviou os olhos. Ela era uma coisa malvada, mas não era tão má assim. Desejar por desejar era mera fantasia. Já curvar o mundo a seus desejos era totalmente diferente.

Por fim, seus braços trêmulos não aguentaram mais. Ela suspirou, relaxou e soltou os pauzinhos, virando o saco de linho numa panela rasa. Não mais uma massa polpuda e escura, agora o bagaço de noz-moscada parecia pálido e farelento.

Auri levantou o vidro e examinou o líquido viscoso, transparente como âmbar. Era um encanto, um encanto, um encanto. Não se assemelhava a nada que ela já tivesse visto. Era denso de segredos e espuma do mar. Instigantemente rico em mistérios. Cheio de almíscar e sussurros e ácido tetradecanoico.

Era algo tão maravilhoso que Auri desejou muito ter uma quantidade maior. Deu uma olhada na panela e pensou em espremer o bagaço com as mãos, para colher mais algumas preciosas gotas...

Mas, ao se aproximar, descobriu sentir uma estranha aversão ao tocar naquela massa arenosa com sua pele nua. Parou e inclinou a cabeça, para examinar o bagaço pálido, cinzento e esfarelado com mais atenção, e seu estômago se revirou diante daquela visão.

Ele estava cheio de gritos. Dias de intermináveis gritos vermelho-escuros. Antes eles tinham sido escondidos pelos mistérios, mas estes tinham sido roubados pela doçura das silas, e Auri viu os gritos com nitidez cristalina.

Levantou o pote e examinou o binato de âmbar. Mas não. Ele estava exatamente como já o tinha visto. Não havia gritos escondidos ali, entre os mistérios e o almíscar. Ainda era uma coisa perfeita.

Diante disso, a respiração de Auri foi longa e trêmula. E, após descansar o pote, ela pôs o saco de linho e os dois pauzinhos de torcer delicadamente na panela rasa, ao lado do bagaço medonho. Manuseou-os o mínimo possível, apenas com as pontas dos dedos, como se estivessem envenenados.

Não queria aquilo por perto. Nem um bocadinho. Já sabia. Sabia do vermelho. Já tivera gritos demais.

Transpirando um pouco, levantou a panela com as duas mãos e se virou para o portal. Deteve-se antes de dar um só passo em direção ao bem-arrumado Porto. Não poderia guardar aquilo lá. Quem sabe que caos isso acarretaria? Os gritos estavam longe de ser vizinhos gentis.

Auri virou-se, então, para o corredor. Deu um passo e parou, sem saber para onde ir. Para o Enfunado, onde o vento propagaria os gritos pela totalidade dos Subterrâneos? Para o Arboreto, onde queimariam lentamente, como carvão em brasa, tão perto de suas panelas e utensílios e suas preciosas vagens...?

Mas não. Não, não.

Assim, Auri virou-se pela última vez, de frente para a terceira saída do Manto. Voltou-se para a porta orlada de ferro e levou o saco de linho para a Aduana.

NA VOLTA, AURI LAVOU O ROSTO. Lavou as mãos e os pés.

Deu um passo em direção ao tripé e à panela de cobre, mas parou. Voltou à sua bacia. Lavou o rosto. Lavou as mãos e os pés.

Mais que tudo, ela queria o sabonete. Queria sentar-se e terminar o que havia começado. Estava muito perto. Mas, primeiro, deu um pulo apressado ao Porto, para se certificar bem das coisas. Alisou o cobertor com as duas mãos. Tocou na pedra cinzenta e plana. Devolveu o azevidro a seu lugar apropriado. Encostou no livro de couro e abriu a capa, para ter certeza absoluta de que todas as suas páginas continuavam por cortar. Continuavam. Mas, ao olhar de novo para a prateleira, ela viu que a pedra ficara toda desconjuntada. Tentou deslizá-la de volta para recolocá-la no prumo, mas não conseguiu enxergar sua forma e não soube dizer como as coisas eram e se tratava-se de um lugar em que era certo... O mel também. Ela queria mel, mas não devia...

Auri esfregou os olhos. Forçou-se a parar e olhar para as mãos. Voltou depressa ao Manto. Lavou o rosto. Lavou as mãos e os pés.

Então sentiu o pânico crescer dentro de si. Sabia. Ela sabia com que rapidez as coisas podiam quebrar. Fazia-se o que era possível. Cuidava-se do mundo pelo mundo. Torcia-se para ficar em segurança. Mas, ainda assim, ela sabia. Ele podia desmoronar, e não havia nada que se pudesse fazer. E sim. Ela sabia que não estava certa. Sabia que tudo seu estava com a inclinação errada. Sabia que sua cabeça estava toda desaprumada. Sabia que não estava certa por dentro. Ela sabia.

Sua respiração foi ficando mais difícil. O coração era um martelo em seu peito. A luz estava mais brilhante e ela ouviu o som de coisas que em geral não conseguiria ouvir. Um lamento do mundo, todo fora do lugar. Um uivo de tudo inteiramente desviado do prumo...

Auri correu os olhos pelo cômodo, toda susto, suor e medo. Ela era um emaranhado confuso, feito um boneco desarticulado. Até mesmo ali. Enxergava vestígios. Todo o Manto era uma casca de ovo. Até seu lugar mais perfeito. A cama quase não era sua cama. Tão frágil a sua folha perfeita... Tão distante a sua caixa de pedra... A alfazema, sem serventia e empalidecendo...

Contemplou as mãos trêmulas. Estaria agora toda cheia de gritos? De novo? Não. Não, não. Não era ela. Não apenas. Era tudo de tudo. Tudo de tudo desfeito e ralo e esfarrapado. Ela nem conseguia ficar de pé. A luz estava tremida, arranhando feito faca contra seus dentes. E por baixo ficava a escuridão oca. O todo vazio e sem nome arranhava as bordas esfiapadas das paredes. Até Foxen não estava nem mesmo quase. As pedras pareciam estranhas. O ar. Auri foi procurar seu nome e não pôde achá-lo nem em vislumbre. Ela era só vazio por dentro. Tudo era. Tudo era tudo. Tudo era tudo mais. Até ali, no seu lugar mais perfeito. Ela precisava. Por favor, ela precisava, por favor...

Mas pronto. Encostada na parede, ela viu que a engrenagem de bronze estava toda inalterada. Era repleta demais de amor. Nada conseguia deslocá-la. Nada conseguia desviá-la de si. Quando o mundo inteiro era palimpsesto, ela era um palíndromo perfeito. Inviolada.

Estava lá do outro lado do quarto. Tão longe que Auri temeu não poder alcançá-la. Não com as pedras agora tão ásperas sob seus pés. Não oca como estava. Mas, quando se mexeu um pouquinho, viu que não era nada difícil. Era um declive. A engrenagem de bronze, orgulhosa e reluzente, estava bem aprumada, fez pressão com força no mundo ralo, esgarçado, esfarrapado, e nele fez uma mossa.

E então Auri a tocou, e era muito lisa e morna na face. E, toda suada, arfante e desesperada, encostou a testa em seu frescor. Segurou-a com as duas mãos. As bordas afiadas em suas palmas foram como uma faca tranquilizadora. Primeiro ela se agarrou à engrenagem, como um náufrago se agarra à pedra da praia. Mas o mundo inteiro a seu redor ainda era tempestade. Tudo desmoronadiço. Tudo desintegração, palidez e dor. E assim, com os braços trêmulos, ela lutou contra ele. Puxou a engrenagem sobre sua estreita prateleira de pedra. Girou-a no sentido anti-horário. Do jeito de quem desfaz.

A engrenagem de bronze inclinou-se de dente em dente. Auri a girou e só então compreendeu seu peso espantoso. Ela era um fulcro. Era um pino. Um eixo. Deslocava-se, inclinava-se, mas, na verdade, só *parecia* girar. Na verdade, permanecia. Firmava. Na verdade, o mundo inteiro girava.

Uma última virada pesada, e então o espaço deixado pelo dente faltante ficou diretamente voltado para baixo. E, quando as bordas da engrenagem riscaram a pedra com força, Auri sentiu o mundo inteiro vibrar a seu redor. Ele estalou. Clicou. Encaixou-se. Endireitou. Tremendo, ela olhou em volta e viu que estava tudo bem. A cama era apenas sua cama. Tudo de tudo no Manto: ótimo. Nada era nada mais. Nada era nada que não devesse ser.

Auri arriou no chão e se sentou. Tão súbito-cheia de doce alívio que arquejou. Riu, apanhou a engrenagem e a abraçou junto ao peito. Beijou-a. Fechou os olhos e chorou.

Tudo conforme o desejo dela

Repondo o fulcro em sua prateleira estreita, Auri limpou as lágrimas borradas do meigo rosto brônzeo da engrenagem. Aproximou-se então da panela e ficou satisfeita ao ver que todo o sebo havia derretido. Cheirava a calor, a lareira, a terra, a respiração. Auri curvou-se e apagou a chama amarela com um sopro.

Em seguida, aproximou-se da bacia. Lavou o rosto. Lavou as mãos e os pés.

Sentou-se ao lado da panela no piso morno de pedra. Agora, logo. Perto. Sorriu e, no intervalo de uma respiração demorada, quase não se importou com quão desgrenhada e suja se tornara.

Mexeu o sebo com um graveto fino. Respirou para se acalmar. Pegou o pote de destilado de cinzas e o verteu lentamente no sebo. A mistura enevoou-se de imediato, em branco com um leve toque rosa. Auri abriu seu sorriso mais orgulhoso e tornou a mexer.

Pegou o binato de âmbar, todo pungência de espetadela e delicadeza de pétala. Derramou-o também na panela, e o aposento inteiro encheu-se de almíscar e mistério e gordura de urso. Mexeu-o e o perfume das silas encheu o ar.

Com o rosto atento, Auri mexeu mais uma vez. E mais outra. Sentiu a mistura engrossar. Parou e pôs de lado o graveto fino.

Inspirou e soltou a respiração. Lavou o rosto, as mãos e os pés. Dois a dois, reuniu os utensílios e os devolveu a seus lugares. Voltou ao Arboreto, ao Porto e a Tinidos, carregando vidros, lampiões e panelas.

Após isso tudo, apanhou a panela de cobre já fria e a levou ao Porto. Inclinou-a, passou a mão por dentro dela e retirou uma cúpula lisa e curva de sabonete pálido e doce.

Usou a borda lisa do prato fino como pétala para fatiá-la. Cortou-a em sete barras, cada qual de tamanho e formato diferentes. Cada uma por si e todas para o desejo dela. Pareceu travesso e delicioso, mas, considerando que o sabonete era seu, esse pequeno voluntarismo não podia ser prejudicial.

Auri fazia as próprias vontades de tempos em tempos. O que a ajudava a se lembrar de que era realmente livre.

Enquanto trabalhava, percebeu que o sabonete não era branco de verdade. Era do mais pálido rosa, cor de leite fresco com uma só gotinha de sangue. Auri levantou uma barra e, movendo-se com todo o cuidado, aproximou-a do rosto e a tocou de leve com a língua.

Sorriu ante sua perfeição. Era sabonete para beijar. Macio, mas firme. Misterioso, mas doce. Não havia nada igual em todo Temerant. Nada embaixo da terra ou sob o céu.

Auri não pôde esperar nem mais um instante. Correu para sua bacia. Lavou o rosto e as mãos e os pés. Riu. Deu uma risada tão doce e alta e demorada que soou como um sino, uma harpa, uma canção.

Foi a Tinidos. Tomou banho. Escovou o cabelo. Riu e pulou.

Voltou depressa para casa. Foi se deitar. E, totalmente só, sorriu e adormeceu.

A maneira graciosa de agir

NO SEXTO DIA, Auri acordou com seu nome abrindo-se feito flor no coração.

Foxen sentiu o mesmo e explodiu completamente em luz quando ela o molhou pela primeira vez. Era um dia de crescer. Dia de produzir.

Auri riu disso antes mesmo de sair da cama. O dia chegara muito atrasado, mas ela pouco se importou. Seu sabonete era o mais doce que já existira. Além disso, havia dignidade em fazer as coisas a seu tempo.

Mas essa ideia a fez conter-se um pouco. A visita dele não esperaria. Ele iria chegar logo. No dia seguinte. E ela ainda não tinha nada bom o bastante para compartilhar. Nenhum presente perfeito para oferecer.

Havia três saídas do Manto... Mas não.

Auri lavou o rosto, as mãos e os pés. Escovou o cabelo até torná--lo uma nuvem dourada. Bebeu água e pôs seu vestido favorito. Não se demorou. Seria um dia atarefado.

Primeiro veio a distribuição do sabonete novo e perfeito. Ela havia feito sete barras. Uma ficou junto a sua bacia, segura no Manto. Uma ela usara na véspera para tomar banho, em Tinidos. As quatro maiores, levou à Padaria para curarem. A menor e mais doce, guardou no fundo da caixa de cedro, para nunca mais ter que ficar sem sabonete. Aquela tinha sido uma dura lição. Ah, se tinha.

Auri fez uma pausa, com uma das mãos dentro da caixa de cedro. Será que ele gostaria de uma barra de sabonete de beijar? Era muito refinado. Ele nunca teria visto nada semelhante...

Mas não. Ela enrubesceu antes mesmo de acabar de pensar no assunto. Seria mais que totalmente impróprio. Além disso, não era o sabonete certo para ele. Os mistérios poderiam combinar, mas havia nele muito carvalho. Salgueiro também, e ele *não era*, de jeito nenhum, um tipo chegado a silas.

Auri fechou a tampa de sua encantadora caixa, mas, ao ficar de pé, sentiu o quarto ganhar brilho e se inclinar a seu redor. Trôpega, deu dois passos e se sentou na cama para não cair. Sentiu o medo avolumar-se. Correu os olhos pelo quarto, puro susto. Seria...?

Não. Era algo mais simples: seu estômago virara de novo um tambor vazio. Auri tinha se esquecido de cuidar de si.

Por isso, quando a tontura passou, ela partiu para o Arboreto. Mas, num impulso, levou como companhia o audacioso Fulcro. Ele vira muito pouco dos Subterrâneos. E, por mais que fosse pesado, isso era realmente o mínimo que Auri podia fazer por toda a sua ajuda.

As panelas eram quase todas as frutas que o Arboreto tinha para oferecer. Mas apenas quase. Auri pegou uma panela de estanho e a encheu de água fresca. Acendeu a espiriteira com seu penúltimo fósforo. Depois, subiu na bancada e esticou as duas mãos para apanhar seu pote. As ervilhas desidratadas rolavam dentro dele, brincando de tilintar contra o vidro.

Auri abriu a tampa de vedação e derramou-as na mão pequenina até encherem sua palma em concha. A mão não era muito grande. Não segurava muitas ervilhas, porém era metade do que ela possuía. Deixou-as cair na panela, onde elas tilintaram na água que aquecia. Após um instante de hesitação, Auri deu de ombros e despejou também a outra metade na panela.

Pôs o vidro vazio na bancada e olhou em volta. A luz bruxuleante do lampião e o brilho azul-esverdeado de Foxen mostraram a pobreza das prateleiras. Auri suspirou e tirou essa ideia da cabeça. Naquele dia haveria sopa. No dia seguinte ele a visitaria. E depois disso...

Bem, depois ela faria o melhor que pudesse. Só havia essa maneira. A pessoa não devia desejar coisas para si. Isso a mantinha pequena. E segura. Significava que ela poderia mover-se tranquilamente pelo mundo, sem criar complicações com tudo em que esbarrasse. E, se fosse cuidadosa, se fosse parte apropriada das coisas, ela poderia ajudar. Remendar o que estivesse rachado. Cuidar das coisas encontradas em desalinho. E confiar em que o mundo a faria topar com a possibilidade de comer. Essa era a única maneira graciosa de agir. Qualquer outra era vaidade e orgulho.

Será que ela poderia levar o favo de mel para dividir com ele no dia seguinte? Era o que havia de mais encantador. Havia muito pouca doçura na vida dele. A verdade era essa.

Pensou nisso enquanto as bolhas ferventes faziam as ervilhas dançarem na panela. Distraída, afagou a face do impetuoso Fulcro e, após um bom tempo matutando, resolveu que sim, o favo de mel poderia funcionar se nada mais aparecesse.

Mexeu um pouco a sopa e acrescentou sal. Desejou que a manteiga não estivesse cheia de facas. Um pouquinho de gordura na sopa seria uma verdadeira delícia. Combinaria com ela às mil maravilhas.

—◆—

DEPOIS DA SOPA ADORÁVEL, Auri voltou para o Manto. Com Fulcro em sua companhia, seria difícil atravessar os Saltos ou Venerant. Por isso, ela pegou o caminho mais longo e foi por Piquerinho.

Com a barriga aquecida e ainda por cima com um convidado, ela se demorou na travessia dos túneis de pedra quadrados e apertados. Estava quase de volta à Duvidança, com Fulcro pesando em seus braços, quando sentiu um estalido suave sob os pés e parou.

Ao olhar para baixo, viu folhas dispersas pelo chão. Não fazia o menor sentido encontrá-las ali. Não havia vento em Piquerinho. Também não havia água. Auri olhou em volta, mas não conseguiu ver nem sinal de fezes de pássaros. Farejou o ar, mas não sentiu nem um traço de cheiro de almíscar ou urina.

Mas também não havia nada ameaçador. Nada complicado naquele lugar. Nada torto nem errado. Só que também não era que não houvesse nada. Era meia coisa. Um mistério.

Curiosa, Auri pôs Fulcro com delicadeza no chão e levantou a folha. Pareceu-lhe familiar. Procurou em volta e achou um punhado delas, espalhadas perto de um portal aberto. Pegou-as e, quando elas se juntaram em sua mão, compreendeu.

Animada, levou Fulcro de volta ao Manto. Antes de sair, deu-lhe um beijo na face e o endireitou comodamente em sua prateleira de pedra, com a lacuna do dente virada para baixo, é claro. Depois, correu ao Porto e levantou a tigela de prata. Segurou a folha estalante que havia apanhado junto às folhas entrelaçadas da gravação na borda da tigela. Eram iguais.

Auri balançou a cabeça, sem saber com certeza o que elas poderiam pressagiar. Mas só havia um meio de descobrir. Ela pegou a tigela, voltou correndo a Piquerinho e atravessou o portal em que havia encontrado as folhas amontoadas. Pulou um monte de pedras. Contornou um galho caído.

Não sabia se algum dia já estivera naquela parte de Piquerinho. Mas continuou a ser pura simplicidade encontrar seu caminho. Aqui e ali, uma ou duas folhas pontilhavam o piso como migalhas de pão.

Por fim, ela chegou à base de uma estreita escavação vertical que levava direto para cima. Seria uma antiga chaminé dos tempos de outrora? Um túnel para a fuga? Um poço?

Era estreita e íngreme, mas Auri era uma coisa miúda. E, mesmo carregando a tigela de prata, escalou-a em dois tempos, feito um esquilo.

No alto encontrou uma prancha de madeira, já parcialmente fora do lugar. Empurrou-a de lado sem dificuldade e entrou num cômodo de porão.

O local era empoeirado e sem uso, cheio de estantes. Barris empilhados nos cantos. Prateleiras abarrotadas de embrulhos, barriletes e caixotes. Em meio ao cheiro de poeira, Auri captou um odor de rua, suor e grama. Olhando em volta, viu uma janela bem no alto da parede e, no chão, alguns cacos de vidro.

Era um lugar arrumado, exceto por algumas folhas espalhadas, sopradas para dentro em alguma tempestade esquecida. Havia sacos de milho e de farinha de cevada. Maçãs de inverno. Embalagens de papel encerado repletas de figos e tâmaras.

Auri circulou pelo cômodo com as mãos às costas, pisando leve como um dançarino num tambor. Barris de melado. Potes de morango em conserva. Algumas abóboras haviam caído de seu saco de aniagem, logo ao lado da porta.

Auri empurrou-as para dentro com o pé e amarrou o cordão bem apertado. Por fim, curvou-se para examinar com mais atenção uma prateleira baixa. Uma única folha descansava sobre um pote de barro. Com gestos cuidadosos, Auri levantou-a e substituiu o pote pela tigela de prata, colocando a folha dentro.

Permitiu-se um único olhar desejoso pelo cômodo, nada mais. Depois, retornou por onde viera. Só quando estava de volta à conhecida escuridão de Piquerinho foi que respirou com facilidade.

Espanou então a poeira de seu novo tesouro. Pelo que indicava o desenho, o pote continha azeitonas. Eram adoráveis.

<hr>

AS AZEITONAS FORAM PARA O ARBORETO. Pareceram meio sozinhas em sua prateleira. Mas a solidão era muito melhor que nada além de eco vazio, sal e manteiga cheia de facas. De longe, muito melhor.

A seguir, Auri examinou as coisas no Porto. A garrafa azul-clara não estava inteiramente à vontade. Aninhava-se na prateleira inferior esquerda da parede leste. Ela a tocou com delicadeza, fazendo o máximo para reconfortá-la. Ele gostava de garrafas. Seria aquela um presente adequado?

Auri a pegou e girou-a nas mãos. Mas não. Não esta garrafa. Grave. Gravada. Não denominada em homenagem a outra pessoa.

Quem sabe uma outra? Isso parecia quase certo. Não completamente, mas quase.

Pensou na penteadeira da Carreta. Na véspera, ela lhe parecera ajustada e perfeita. Mas Auri estivera mais do que um pouco esfrangalhada na ocasião. Longe do seu melhor estado. Talvez houvesse uma garrafa misturada com o resto. Alguma coisa errada, ou perdida, ou fora de lugar.

No mínimo, era um lugar para começar. E, assim, Auri carregou o peso morno e doce de Fulcro nos braços. Como ele ainda não os tinha visto, pegou o caminho um pouquinho mais longo, que passava por Van e Avante e Luzente antes de seguir para a Galeria.

Fez uma pausa para descansar no Anelado, sua nova sala de estar, perfeita como um círculo. Fulcro acomodou-se como um rei na poltrona de veludo enquanto Auri se reclinava no divã de desmaiar e deixava os braços se recuperarem da dor, ah, doce dor de carregá-lo.

Mas ela estava atarefada demais para descansar por muito tempo. Assim, tornou a recolher a engrenagem pesada e subiu devagar a escada sem nome, sem pressa, para que Fulcro pudesse deslumbrar-se com a estranha e astuta timidez do lugar. E, como eram pessoas refinadas, ambos ignoraram a porta acanhada que descansava no patamar.

Depois, para a Carreta. Ao atravessar a parede, Auri viu que o cômodo estava tal como o recordava. Não de uma perfeita correção, como o Anelado. Mas sem nada flagrantemente fora de esquadro. Nada de esguelha, ou perdido, ou francamente errado. Agora que a penteadeira fora ajustada, a Carreta parecia satisfeita em roncar num longo e morno sono hibernal.

Mesmo assim, Auri já chegara até ali. Por isso, abriu o guarda-roupa e espiou lá dentro. Tocou no urinol. Também examinou o armário, com um cumprimento educado à vassoura e ao balde.

Olhou a penteadeira. Nela havia alguns belos frascos. Um, em especial, chamou-lhe a atenção. Era pequeno e pálido. Coruscante como opala. Perfeito, com um fecho esperto. Auri não precisou abri-lo para ver que dentro havia um sopro. Uma coisa preciosa.

Levantou Fulcro mais alto e tentou olhar pelo furo redondo que ele tinha bem no centro de sua centração, ah, tão central. Sua esperança era notar algo que antes lhe houvesse escapado. Algo solto ou meio enrolado. Algum fio que ela pudesse puxar para libertar alguma coisa. Mas não. Quer olhasse direto ou de viés, a penteadeira estava completamente arrumada.

Um frasco coruscante com um sopro oculto seria uma dádiva principesca. Mas não. Levá-lo seria exatamente tão idiota e tão cruel quanto arrancar um dente para poder entalhá-lo sob a forma de pingente e pendurá-lo num cordão.

Auri deu um suspiro e foi embora. Cruzou a parede, desceu a escada sem nome. Talvez pudesse ir caçar em Lin, que era um lugar cheio de tubos e dev...

Foi nessa hora. Na descida, uma pedra ardilosa virou sob seu pé. Quando Auri caminhava, meditativa, descendo da Carreta pela escada sem nome, um degrau de pedra virou e a lançou. Lançou-a para a frente. Desamparada.

Auri deu um grito e, em seu susto repentino, Fulcro pulou longe. Rodopiou e despencou de seus braços e saiu da nuvem de seu cabelo dourado. Por pesado que fosse, quase pareceu flutuar, em vez de cair. Virou, tombou e bateu com tanta força no sétimo degrau que rachou a pedra, quicou de novo no ar, rodopiou outra vez, caiu de cara sobre sua face brônzea e se espatifou no patamar.

O som que fez pareceu o lamento de um sino quebrado. Foi um barulho de harpa agonizante. Pedaços reluzentes se espalharam quando ele bateu na pedra.

De algum modo, Auri se manteve de pé. Não caiu, mas, ah, ficou com o coração gelado no peito. Sentou-se com força nos degraus. Aturdida demais para andar. Com o coração frio e branco como giz.

Ainda podia senti-lo nas mãos. Viu as linhas de suas bordas afiadas desenhadas na pele. Levantou-se e arrastou os pés escada abaixo, rígida. Sentiu os passos entorpecidos e trôpegos quando outros desatenciosos degraus de pedra tentaram derrubá-la, como um velho tolo que não se cansa de contar inúmeras vezes a mesma história sem graça.

Ela sabia. Devia ter agido mais delicadamente com o mundo. Sabia como as coisas funcionavam. Tinha consciência de que, quando alguém não pisava sempre com uma leveza de pássaro, o mundo inteiro desmoronava e o esmagava. Como um castelo de cartas. Como uma garrafa nas pedras. Como um pulso preso com força sob uma mão, com o hálito quente do desejo e do vinho...

Toda fria e rígida, Auri parou no degrau inferior. Tinha os olhos baixos e a sua volta pendia o cabelo ensolarado. Isso era o pior do errado. Ela não conseguia se obrigar a olhar além de seus pezinhos empoeirados.

No entanto, não havia mais nada a fazer. Ergueu os olhos e espiou. Espreitou. E então viu os pedaços, e seu coração andou de lado no peito. Não. Não estava despedaçado. Quebrado. Ele havia quebrado.

Aos poucos, o rosto de Auri também se abriu. Abriu-se num sorriso tão largo que era de se supor que tivesse comido a lua. Ah, sim. Fulcro havia quebrado. Mas isso não era *errado*. Ovos são quebrados. Quebra-se a ferocidade dos cavalos selvagens para domá-los. Ondas quebram. É claro que Fulcro havia quebrado. De que outro modo alguém tão certo-centrado poderia soltar suas respostas perfeitas no mundo? Algumas coisas eram simplesmente corretas demais para se manter.

Fulcro jazia em três pedaços brilhantes. Três formas denteadas, com três dentes cada uma. Já não era um pino cravado com força no coração das coisas. Tinha se transformado em três vezes três.

O sorriso de Auri alargou-se ainda mais, para dizer o mínimo. Ah. Ah. Ah. É claro. Não era *uma* coisa que ela estava procurando. Não era de admirar que toda a sua busca desse em nada. Que tudo estivesse errado. Eram *três* coisas. Ele traria *três*, e ela deveria fazer o mesmo. Três três perfeitos seriam o presente dela para ele.

Auri franziu a testa e se virou para fitar os degraus. A engrenagem tinha batido no sétimo degrau. Fulcro o havia estilhaçado de maneira flagrante. Não eram sete, então. Mais uma coisa sobre a qual ela estivera errada. Ele não viria no sétimo dia. Iria visitá-la *naquele dia mesmo*.

Em outra ocasião, saber disso poderia tê-la desestabilizado terrivelmente. Poderia deixá-la toda suarenta e confusa, sem a menor esperança. Mas não naquele dia. Não com a verdade exposta de forma tão doce diante de seus olhos. Não com tudo tão claro, de repente, para ela ver. Três coisas eram *fáceis* se você conhecia o caminho delas.

Auri ficou tão absorta que levou vários minutos para compreender onde se encontrava. Ou melhor, percebeu que a escada enfim soubera onde estava. Soubera *o que era*. Qual era o seu lugar. Possuía um nome. Auri estava no Nonário.

O coração oculto das coisas

Auri recolheu os três e voltou ao Manto. Agora eles pareciam muito mais leves, embora isso não fosse surpresa. Tinham revelado seus segredos, e ela sabia muito bem como os segredos bem guardados podiam tornar-se pesados.

De novo no Manto, ela dispôs cuidadosamente os três. Contudo, antes mesmo de acabar de acomodá-los ao longo da parede, viu a forma do seu primeiro presente para ele. Não poderia estar mais claro. Não era de admirar que houvesse tanto piso extra ali. Não era de admirar que ela nunca houvesse usado a segunda prateleira da parede.

Os dentes eram maravilhosos. Muito alinhados. Brilhavam como desejos de conto de fadas.

Ao ver como deveria ser, Auri levou o primeiro três reluzente direto de volta à Carreta, passando pela Galeria, com seus homens despidos, pelo Anelado, perfeito como um círculo, e pelo Nonário, todo descontraído com sua novanomice.

Sorrindo, Auri carregou o reluzente três de bronze direto para a gaveta do guarda-roupa, e ali o guardou com extremo cuidado. Ele se aninhou sem esforço. Encaixou-se como um amante ou uma chave. Auri estendeu as mãos e sentiu na ponta dos dedos a brancura lisa e fresca do lençol. Aproximou-o do nariz e o encostou nos lábios.

Ele estava livre para partir. Ofegante, Auri voltou correndo ao Manto, pressionando-o contra o peito.

O segundo três ela levou direto para Tocs. E, por um sôfrego momento, deixou os Subterrâneos para trás. Uma parede quebrada, uma escada oculta, depois atravessando um porão até o depósito da melhor hospedaria que ela conhecia. Ali deixou o três e levou consigo um grosso colchão branco, estofado de inocência e penugem. Era esplêndido e macio, cheio de sussurros bondosos e estradas recordadas.

Mesmo carregando aquele peso, Auri disparou pelos túneis, leve como um fiapo.

De novo no Manto, estendeu com cautela o colchão junto à parede em frente a sua cama, perto o bastante para que, se ele tivesse alguma necessidade, um simples sussurro bastasse. Perto o bastante para que, havendo esse desejo, ele pudesse cantar para ela à noite.

Auri enrubesceu um pouco ao pensar nisso, depois estendeu o lençol, de um creme perfeito, e o prendeu em toda a volta do colchão. Alisou-o com delicadeza e sentiu seu encanto na pele como um beijo.

Risonha, ela atravessou para o Porto e trouxe o cobertor de volta. Não era de admirar que ele a tivesse deixado. Soubera a verdade das coisas muito antes dela própria. Simplesmente já não era para Auri, que o estendeu na outra cama e notou que ele já não temia o chão. Dando um passo para trás, ela o contemplou, todo macio e doce e seguro e belo.

Do Porto, Auri trouxe a xícara fina que pertencia a ele. Trouxe o livro de couro, não cortado, não lido e totalmente desconhecido.

Trouxe a pequena estatueta de pedra. Pôs os três na prateleira ao lado da cama dele, para que ele pudesse ter alguma beleza própria.

E, simples assim, de repente Auri teve um presente para lhe dar: um lugar seguro em que ele poderia ficar.

Por mais que quisesse parar e se deleitar, tinha que continuar a se mexer. A regra nesse dia era o três. Ela precisava de mais dois presentes.

VOLTOU AO PORTO E EXAMINOU as estantes com seu melhor olho de criadora. E, já que era dia de produzir, e com tão bons ventos soprando às suas costas, ela refletiu sobre o que poderia ser necessário a ele.

Era um modo diferente de pensar. Embora não lhe faltasse nada, pessoalmente ela sabia que esse tipo de coisa era perigoso.

Olhou para o azevidro, que a deixou tentada, mas sabia que não era certo para ele. Não muito. Era um presente para visitas inesperadas. O favo de mel... quase. Auri estendeu dois dedos para tocar no pote com as bagas de louro. Levantou-o e o segurou contra a luz. Era verdade que ele andava meio carente de louros.

E então veio o estalo. É claro. Ela deu um sorrisinho. O que haveria de melhor para manter a fúria afastada? Além disso, era a terceira parte de algo que ela já havia iniciado. Uma vela. Uma vela seria a coisa ideal exata para ele.

Mas Auri parou de repente, ainda com o vidro na mão. Prendeu a respiração e pensou nas duras realidades do tempo. Uma vela significava derreter. E misturar. Acima de tudo, significava uma fôrma. Ela sentiu o rosto todo contrair-se, ao pensar em algo feito para ele por imersão do pavio na cera. Isso não tinha nada de certo, pois ele não era de coisas aos pinguinhos.

Não. Uma fôrma. Era o único modo de fazer uma vela fina o suficiente para ele.

E isso significava a Aduana.

Auri praticamente não hesitou. Se fosse para si mesma, não se atreveria, mas era simplesmente assim que tinha de ser. Então ele não merecia coisas belas? Depois de tudo o que tinha feito, não merecia um presente lindo e principesco?

É claro que sim. Por isso, Auri caminhou para o Manto. Por isso, escancarou a porta orlada de ferro. Por isso, Auri entrou na Aduana.

───◆───

ERA UM LOCAL LIMPO e silencioso.

Havia uma bancada de trabalho. Era escura e lisa e dura como pedra. Havia suportes nas laterais. Um torno. Um conjunto de aros flutuantes. Um suporte para queimador. Havia bicas e torneiras bem-arrumadas, todas de aço e bronze e ferro.

Havia prateleiras, todas montadas numa parede. Lotadas de vastos e numerosos utensílios do ofício. Ácidos e reagentes em seus vidros tampados. Sulfônio num pote de vidro. Prateleiras de pós, sais, óxidos metálicos e ervas. Óleos e unguentos. Catorze águas. Cal dobrada. Cânfora. Todos perfeitos. Todos corretos. Todos reunidos e calculados e armazenados da maneira mais adequada.

Havia ferramentas. Alambiques e retortas. Um belo queimador largo, sem pavio. Rolos de tubos de cobre. Cadinhos e pinças e banhos de fervura. Havia peneiras e filtros e facas de cobre. Havia um belo moedor e uma prensa reluzente de limpa.

Havia também as estantes de pedra. As estantes cuidadosas. Com garrafas acocoradas atrás do vidro muito, muito grosso. Não eram bem cuidadas como as das outras prateleiras. Não tinham rótulos. Eram meio vira-latas. Uma continha gritos. Outra, fúria. Havia ali muitas garrafas, e essas duas estavam longe de ser as piores.

Auri colocou o pote de bagas de louro na bancada. Ela era uma coisa miúda. Miúda como um moleque de rua. A maioria das coisas não lhe servia. A maior parte das mesas era alta demais. Aquela não era.

Aquela sala havia lhe pertencido. Mas não. Aquela sala havia pertencido a alguém, um dia. Agora não pertencia. Não era. Era lugar nenhum. Era uma folha vazia de coisa alguma que não podia pertencer. Não era para ela.

Auri abriu uma gaveta na bancada e tirou uma forma de latão circum-angular. Do tipo que serviria bem para uma vela.

Com expressão grave, contemplou as bagas de louro. Eram tão reverentes quanto se poderia esperar, mas também orgulhosas. E guardavam em si um toque da friagem do vento norte. Isso precisava ser temperado. E... sim. Havia também um fio de raiva perpassando-as. Auri deu um suspiro. Isso não conviria, de modo algum.

Estreitou os olhos para o pote e os números dançaram em sua cabeça. Correndo o olhar entre a fôrma e o vidro de bagas, ela viu que a cera existente nele não chegaria nem perto de ser suficiente. Não para uma vela inteira. Não para uma vela adequada. Não para ele.

Retirou-se e voltou com o favo de mel. Movimentando-se com ar profissional, colocou-o na prensa e foi rodando a manivela e apertando até o mel pingar no vidro transparente e limpo abaixo. Foi obra de meio minuto.

Deixando o mel gotejar, Auri acendeu o lampião sem pavio, logo ao lado, e girou o suporte em anel para que ele sustentasse um cadinho na altura certa. Abriu a prensa, tirou a folha plana de cera de abelha e a dobrou em pedaços antes de colocá-la no cadinho. Não havia grande quantidade, apenas o bastante para encher as mãos em concha, mas, quando ela derretesse as bagas, seria o suficiente para encher a fôrma.

Auri olhou para a cera que derretia e meneou a cabeça em sinal afirmativo. Era uma coisa sonolenta, toda ela doçura outonal, trabalho diligente e recompensa. Os sinos também não eram indesejáveis. Ali não havia nada que Auri não quisesse para ele.

Mel e louro seriam suficientes, se aquela fosse uma simples vela de poeta. Mas ele não era um mero poeta. Auri precisava de algo mais.

Uma pitada de cânfora seria ideal. Apenas uma pitada, um lampejo, uma insinuação de algo volátil. Mas ela não tinha cânfora, e não fazia sentido desejar. Assim, buscou no Porto uma pitada perfeita de breu. Para a ligação e para manter o coração dele quente durante o inverno que se aproximava.

Mexeu a cera de abelha com um bastão fino de vidro. Sorriu. Era um prazer raro trabalhar com os utensílios apropriados. Que luxo! Enquanto esperava que a resina dissolvesse, ela assobiou e foi mexendo, risonha. Esse seria o seu segredo. Seu assobio também estaria presente na vela.

Entrou no Manto e examinou sua alfazema perfeita no pote de vidro cinza. Tirou um raminho. Depois, dois. E então sentiu o rubor da vergonha inflando no peito. Não era hora de economias. *Ele* nunca fora avarento em sua ajuda. Acaso não merecia doces sonhos?

Auri cerrou os dentes e tirou do pote metade da alfazema. Havia momentos em que ela sabia ser uma coisa muito, muito sovina.

De volta à Aduana, derramou as bagas de louro no moedor. No tempo de respirar três vezes, estavam caprichosamente moídas. Então, Auri se deteve, olhando para a massa da fruta meio reduzida a polpa.

Sabia qual era a maneira certa do louro. Conhecia o modo paciente das coisas. Moer e ferver as bagas cerosas. Retirar a borra com a peneira. Ferver de novo e clarear, e deixar esfriar para separar a cera. Mesmo com os utensílios adequados, seriam horas de trabalho. Horas e mais horas.

Mas ele ia chegar *logo*. Ela sabia. Sabia que não tinha tempo para isso.

E, mesmo que tivesse o dia inteiro, haveria dentro da cera princípios que não eram corretos para ele. Ele estava cheinho de raiva e desespero. E de orgulho... Bem, isso ele tinha num excesso líquido e certo.

Havia maneiras de eliminar essas coisas. Auri conhecia todas. Conhecia os círculos giratórios do calcinado. Sabia sublimar e extrair. Sabia isolar um princípio não excludente tão bem quanto qualquer um que já se houvesse dedicado ao exercício da arte.

Mas não era hora de rogar favores à lua. Não naquele momento. Ela não podia apressar-se nem se retardar. Certas coisas eram simplesmente importantes demais.

Era exatamente como dizia Mandrag: nove décimos da alquimia eram química. E nove décimos da química eram espera.

E a outra parte? Aquele décimo fininho de um décimo? O coração da alquimia era algo que Auri havia aprendido fazia muito tempo. Ela o havia estudado antes de compreender a verdadeira forma do mundo. Antes de conhecer a chave de ser pequena.

Ah, sim. Havia aprendido seu ofício, do qual conhecia os caminhos ocultos e os segredos. Todas as facetas sutis, doces e sedutoras que faziam de alguém um perito na arte. Muitos caminhos diferentes. Uns registrados por pessoas, descritos. Havia símbolos. Significantes. Binato e conexão. Fórmulas. Mecanismos de matemática...

Agora, porém, ela sabia muito mais que isso. Muitas coisas que havia suposto serem verdadeiras eram meros truques. Não mais que maneiras astutas de falar com o mundo. Eram uma negociação. Um apelo. Um clamor. Um grito.

Mas, por baixo, havia um segredo nas profundezas do coração oculto das coisas. Mandrag nunca lhe dissera isso. Auri achava que ele não sabia. Havia descoberto esse segredo sozinha.

Ela conhecia a verdadeira forma do mundo. Tudo o mais era sombra e o som de tambores distantes.

Auri meneou a cabeça para si mesma, o rostinho com uma expressão grave. Recolheu as frutas cerosas e bem moídas numa peneira e a colocou sobre um pote de coleta.

Fechou os olhos. Empertigou os ombros. Respirou em ritmo lento e regular.

Havia uma tensão no ar. Um peso. Uma espera. Não havia vento. Ela não falou. O mundo ficou esticado e tenso.

Auri respirou uma vez e abriu os olhos.

Era pequena como um pivete. Seus pezinhos sobre a pedra estavam descalços.

Ela ficou de pé e, no círculo de seu cabelo dourado, sorriu e impôs todo o peso de seu desejo ao mundo.

E tudo sacudiu. E tudo conheceu sua vontade. E tudo se curvou para agradá-la.

NÃO DEMOROU PARA AURI VOLTAR ao Manto com uma vela de cor castanho-avermelhada, moldada com alfazema. Cheirava a louro e abelhas. Era uma coisa perfeita.

Ela lavou o rosto. Lavou as mãos e os pés.

Logo. Auri sabia. Ele logo chegaria para visitá-la. Encarnado e doce e triste e alquebrado. Igualzinho a ela. Chegaria e, como perfeito cavalheiro que era, traria três coisas.

Sorrindo, Auri praticamente dançou. Também teria três coisas para ele.

Primeiro, a vela inteligente, toda Taborlin. Toda cálida e recheada de poesia e sonhos.

A segunda era o lugar adequado. Uma prateleira em que ele poderia colocar seu coração. Uma cama para dormir. Ali, nada poderia machucá-lo.

E a terceira? Bem... Auri escondeu o rosto e sentiu um lento rubor subir às faces...

Protelando, estendeu a mão para o soldadinho de pedra, sentado na prateleira da cama dele. Era estranho ela nunca haver notado o desenho no escudo. Estava muito esmaecido, mas, sim. Lá estava a torre envolta numa língua de fogo. Não era um mero soldado, mas um pequeno Amyr de pedra.

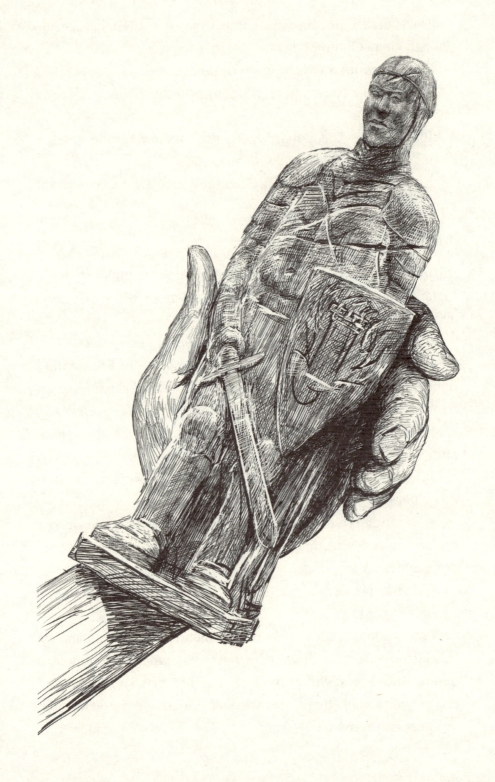

Examinando melhor, Auri também viu linhas finas nos braços dele. Não sabia por que tinha deixado esses detalhes passarem despercebidos. Era um pequeno Cirida. É claro. É claro que era. Dificilmente seria um presente adequado para ele se não fosse. Auri beijou a pequena estatueta e a repôs na prateleira.

Mas havia a terceira coisa. Dessa vez, Auri não enrubesceu. Sorriu. Lavou o rosto, as mãos e os pés. Depois, deu um pulo rápido ao Porto e abriu o azevidro. Com dois dedos, tirou uma única baga minúscula, viva como sangue, apesar da luz verde de Foxen.

Auri correu até Van e deu uma olhadela no espelho. Passou a língua nos lábios e pressionou a baga contra eles, umedecendo-a da esquerda para a direita. Depois, alisou-a de um lado para outro entre o lábio superior e o inferior.

Olhou para seu reflexo. Não parecia diferente de antes. Seus lábios eram do mais pálido tom de rosa. Ela sorriu.

Retornou ao Manto. Lavou o rosto, as mãos e os pés.

Fervilhando de empolgação, olhou para a cama dele. Seu cobertor. Sua prateleira de cabeceira, com o pequenino Amyr esperando para guardá-lo.

Estava perfeito. Certo. Era um começo. Um dia ele precisaria de um lugar, e ei-lo ali, prontinho para recebê-lo. Um dia ele viria e Auri cuidaria dele. Um dia, seria ele a estar todo casca de ovo, oco, vazio na escuridão.

E então... Auri sorriu. Não por ela. Não. Nunca por ela. Ela devia permanecer pequena e guardada, bem escondida do mundo.

Mas por ele era outra coisa, toda diferente. Por ele Auri traria à baila todo o seu desejo. Invocaria toda a sua argúcia e a sua arte. E depois criaria um nome para ele.

Rodopiou três vezes. Farejou o ar. Sorriu. À sua volta, por toda parte, tudo estava perfeitamente correto. Ela sabia exatamente onde estava. Estava exatamente onde devia estar.

Coda

NAS PROFUNDEZAS DOS SUBTERRÂNEOS, com as pedras mornas sob os pés, Auri ouviu uma vaga e doce melodia.

Nota final do autor

DEIXE-ME CONTAR-LHE UMA HISTÓRIA sobre uma história. Porque é isso que eu vou fazer.

EM JANEIRO DE 2013, eu estava num bar em São Francisco com Vi Hart – matemusicista, videotrix e pessoa encantadora em todos os sentidos. Fazia anos que éramos fãs do trabalho um do outro sem saber, e tínhamos sido apresentados havia pouco tempo por um amigo em comum.

Era a primeira vez que nos víamos pessoalmente. Eu havia acabado de concluir o manuscrito original da história que você tem nas mãos, e Vi tinha concordado em dar uma olhada nele e me oferecer sua opinião.

Passamos umas duas horas falando da história, e a conversa teve digressões frequentes em direções estranhas, como toda boa conversa.

O parecer dela foi realmente bom. Não apenas inteligente, mas de um discernimento espantoso. Quando mencionei isso, Vi pareceu achar meio divertido e me explicou que escrever era o que ela fazia durante a maior parte do tempo. Redigia o roteiro de seus vídeos e depois os gravava. Roteirizar era a melhor parte do trabalho.

Vi assinalou algumas coisas que precisavam ser trabalhadas na história, alguns pontos não lapidados, umas incongruências lógicas. Assinalou também as partes de que havia gostado e falou da história como um todo.

Devo mencionar que, àquela altura da noite, eu estava ligeiramente bêbado. O que é meio raro de acontecer comigo. Mas, como conversávamos num bar, pareceu educado pedir uma bebida. Depois, tomei outra para acompanhar; eu queria ser sociável. Depois, pedi outra porque estava meio nervoso por ser meu primeiro encontro com ela. E tomei mais uma por estar meio nervoso com a minha história.

Bem, sejamos francos: eu estava mais do que meio nervoso com a história. Sabia, no fundo do coração, que minha narrativa recém-elaborada era um desastre enorme. Colossal.

– Ela não tem as coisas que se espera de uma história – disse eu a Vi. – Uma história deve ter diálogo, ação, conflito. Deve ter *mais de um personagem*. Escrevi uma vinheta de trinta mil palavras!

Vi afirmou que havia gostado.

– Bem, sim, eu também gosto – admiti. – Mas isso não importa. Sabe, as pessoas esperam certas coisas de uma história. Você pode ignorar uma ou duas delas, se for cuidadoso, mas não pode descartar *todas*. O mais perto que cheguei de uma cena de ação foi alguém fazendo um sabonete. Passo umas dez páginas descrevendo uma pessoa fazendo sabonete. Dez páginas de um livro tão curto sobre alguém fazendo sabonete. Isso é coisa de maluco.

Como eu disse, estava realmente preocupado com a história. E talvez mais do que só um pouco bêbado. No final, acabei desabafando algo que não havia compartilhado com ninguém:

– As pessoas vão ler isto e ficar fulas da vida.

Vi me fitou com um olhar sério.

– Senti mais ligação emocional com os objetos inanimados dessa história do que costumo sentir com personagens inteiros de outros livros – retrucou. – É uma boa história.

Mas eu não estava disposto a acreditar. Balancei a cabeça, sem sequer levantar os olhos para ela.

– Os leitores esperam certas coisas. As pessoas vão ler o livro e se decepcionar. Ele não tem o que uma história normal deve ter.

Então, Vi disse algo de que sempre me lembrarei:

– O problema é delas. Já existe um monte de gente escrevendo histórias para essas pessoas. E eu? Onde estão as histórias para pessoas como eu?

Ela falou num tom passional, duro e meio zangado. Poderia ter dado um murro na mesa nessa hora. Gosto de pensar que ela deu um tapa na mesa. Digamos que deu.

– Essas outras pessoas que fiquem com as suas histórias normais – continuou. – Essa história não é *para elas*. É a minha história. É para gente como eu.

Foi uma das coisas mais gentis que alguém já me disse.

EU NÃO TINHA A INTENÇÃO de escrever esta história. Ou melhor, não pretendia que esta narrativa sobre Auri saísse como saiu.

Comecei a escrevê-la em meados de 2012. Queria que fosse um conto para a antologia *Rogues*, organizada por George R.R. Martin e Gardner Dozois. Pretendia que fosse uma história sobre um trapaceiro, e imaginei que Auri seria um bom complemento para os golpistas mais tradicionais, do tipo salafrário, que sem dúvida apareceriam no livro.

Mas a história não saiu como eu havia esperado. Foi mais

estranha que uma simples história de trapaceiro, e a própria Auri revelou-se mais cheia de segredos e mistérios do que eu tinha suposto.

A certa altura, a história dela acabou chegando a catorze mil palavras, e eu a abandonei. Era longa demais. Estranha demais. Além disso tudo, tinha ficado claro que não era adequada para a antologia. Auri não tinha nada de uma simples trapaceira. E, mais importante, de modo algum se tratava de uma história de embusteiros.

Apesar de eu já haver ultrapassado o prazo de entrega do material, Martin e Gardner foram muito gentis e me deram mais algum tempo. Foi então que escrevi "The Lightning Tree" ("A árvore reluzente"), um conto protagonizado por Bast. Muito mais adequado à antologia.

Mas a história de Auri continuava na minha cabeça, e percebi que a única maneira de tirá-la de lá seria terminar aquele treco. Além disso, fazia *muito* tempo que eu devia um conto a Bill Schaffer, da Subterranean Press. Ele havia publicado meus dois livros ilustrados não destinados a crianças, *Adventures of the Princess and Mr. Whiffle: The Thing Beneath the Bed* ("Aventuras da princesa e do Sr. Whiffle: A coisa embaixo da cama") e sua continuação, *The Dark Of Deep Below* ("A escuridão das profundezas"). Por isso, eu sabia que ele não tinha medo de histórias meio estranhas.

Então, dei prosseguimento à narrativa, que continuou a se alongar e a se tornar mais esquisita. Àquela altura, já dava para perceber que não tinha nada de normal. Não tinha as características que um tipo apropriado de história deveria ter. Era, por todos os padrões tradicionais, uma confusão.

Mas aí é que está. Eu gostei. Era esquisita, errada e enrolada, e carecia de inúmeras coisas de que as histórias supostamente precisam. Mais meio que funcionava. Não só eu estava aprendendo muito sobre Auri e os Subterrâneos, como havia na narrativa em si uma espécie de doçura.

Qualquer que tenha sido a razão, deixei-a desenvolver-se conforme seu desejo. Não a forcei a assumir uma forma diferente nem introduzi nela coisa alguma apenas porque devesse estar lá. Resolvi deixar que a história fosse ela mesma. Ao menos por ora. Ao menos até que eu chegasse ao fim. Depois eu sabia que provavelmente teria que usar o bisturi editorial e praticar uma cirurgia cruel para transformá-la numa coisa normal. Mas não naquele momento.

Na verdade, eu já havia passado por isso. *O nome do vento* tem uma porção de coisas que não se esperaria que tivesse. O prólogo é um rol de elementos que nunca se deve fazer como escritor. Mas, apesar disso, funciona. Às vezes, uma história funciona *por ser* diferente. Talvez esta fosse desse tipo...

Mas, quando escrevi a cena em que Auri faz sabonete, percebi que não era esse o caso. Eu estava criando uma história de gaveta. Para quem não conhece essa expressão, ela se refere a um manuscrito que o sujeito termina de redigir, coloca no fundo de uma gaveta e esquece que ele existe. Não é o tipo de história que se possa vender a uma editora. Não é o tipo que as pessoas querem ler. É daquele tipo que você escreve e depois lembra que existe no leito de morte, enquanto pede a um amigo íntimo que queime todos os seus papéis inéditos. Depois de apagar o histórico de navegação na internet, é claro.

Eu sabia que Bill, da Subterranean Press, era encantadoramente receptivo a projetos estranhos, mas este? Não. Não, esta era uma história que eu tinha de escrever para tirá-la da cabeça. Eu tinha de escrevê-la para saber da Auri e do mundo (que se chama Temerant, aliás, você percebeu?).

Em suma, eu sabia que esta história era para mim, não para os outros. Às vezes isso acontece.

Mesmo assim, eu gostava dela. Era estranha e doce. Eu tinha finalmente encontrado a voz da Auri. Gosto muito dela. E havia aprendido muito sobre escrever na terceira pessoa, de modo que não fora uma completa perda de tempo.

Terminado o livro, mandei-o para meu agente, Matt, porque é o que se deve fazer quando se é escritor. Disse-lhe que iria oferecê-la ao Bill, mas não esperava que ele a quisesse, porque, em termos narrativos, ela era um grande desastre.

Mas Matt a leu e gostou.

Ele me telefonou e disse que eu deveria mandá-la para Betsy, minha editora na DAW.

– Ela não vai querer isso – retruquei. – É uma confusão. É o tipo de história que um maluco escreveria.

Matt me lembrou de que, de acordo com meus contratos, Betsy tinha a preferência na compra de qualquer livro que eu escrevesse.

– Além disso – acrescentou –, é uma questão de educação colocá-la no circuito. Ela é sua editora principal.

Dei de ombros e lhe disse para ir em frente e mandar a história. Ligeiramente envergonhado ao pensar em Betsy lendo-a.

Mas, então, Betsy a leu e gostou. Gostou mesmo. Quis publicá-la.

Foi aí que comecei a suar.

―――◆―――

NOS MUITOS MESES DECORRIDOS desde a minha conversa com Vi Hart, revisei esta história umas oitenta vezes. (Isto não é incomum para mim. Na verdade, é até pouco.)

Como parte desse processo, entreguei a história a quase quarenta leitores beta, para reunir opiniões que me ajudassem em minhas revisões obsessivas, intermináveis. E um comentário que as pessoas fizeram muitas vezes, de formas diferentes, foi este: "Não sei o que os outros vão achar. É provável que não gostem. Mas eu realmente adorei."

Acho estranha a quantidade de gente que disse alguma versão disso. Ora, acabo de perceber que eu mesmo falei algo parecido há algumas páginas, nesta nota do autor.

A verdade é que gosto da Auri. Tenho um lugar especial no coração para essa jovenzinha estranha, meiga e dilacerada. Gosto dela mais do que apenas um pouco.

Acho que é por ambos sermos meio imperfeitos, cada qual a seu jeito estranho. E, o que é mais importante, nós dois sabemos disso. A Auri tem consciência de que não é toda muito perfeitamente certinha por dentro, e isso a faz sentir-se muito só.

Sei como ela se sente.

Mas isso, em si, não é incomum. Afinal, sou eu o autor. *Espera-se* que eu saiba como os personagens se sentem. Só quando comecei a colher opiniões foi que me dei conta de como esse sentimento é comum. Várias pessoas me disseram que se identificam com a Auri. Disseram saber o que se passa com ela.

Eu não esperava isso. Não posso deixar de me perguntar quantos de nós passamos pela vida, dia após dia, com a sensação de estar meio abatidos e sozinhos, sempre cercados por outros que sentem exatamente a mesma coisa.

Então. Se você leu este livro e não gostou, me desculpe. A culpa é minha. Esta é uma história estranha. *Talvez* você a aprecie melhor numa segunda leitura. (Quase todos os meus livros são melhores da segunda vez.) Mas também pode ser que não.

Se você é uma das pessoas que acharam esta história desconcertante, tediosa ou confusa, peço desculpas. A verdade é que provavelmente ela não era para você. A boa notícia é que há muitas outras histórias por aí que foram escritas justamente para você. Histórias de que você gostará muito mais.

Esta é para todas as pessoas meio abatidas que existem por aí.

Sou um de vocês. Vocês não estão sozinhas. São todas lindas para mim.

— *Pat Rothfuss*
JUNHO DE 2014

P.S.: Agora percebi que não falei nada sobre as ilustrações, o que é uma tremenda lástima. Não só por elas serem encantadoras. Mas é que a história de como elas vieram a ser incluídas neste livro é interessante por si só...

Infelizmente, estou sem tempo e sem espaço. Assim, essa história terá de esperar que eu escreva sobre ela no meu blog. Se tiver interesse, você poderá procurá-la lá: www.patrickrothfuss.com.

CONHEÇA OUTROS TÍTULOS DO AUTOR

O nome do vento

Ninguém sabe ao certo quem é o herói ou o vilão desse fascinante universo criado por Patrick Rothfuss. Na realidade, essas duas figuras se concentram em Kote, um homem enigmático que se esconde sob a identidade de proprietário da hospedaria Marco do Percurso.

Da infância numa trupe de artistas itinerantes, passando pelos anos vividos numa cidade hostil e pelo esforço para ingressar na escola de magia, *O nome do vento* acompanha a trajetória de Kote e as duas forças que movem sua vida: o desejo de aprender o mistério por trás da arte de nomear as coisas e a necessidade de reunir informações sobre o Chandriano – os lendários demônios que assassinaram sua família no passado.

Quando esses seres do mal reaparecem na cidade, um cronista suspeita de que o misterioso Kote seja o personagem principal de diversas histórias que rondam a região e decide aproximar-se dele para descobrir a verdade.

Pouco a pouco, a história de Kote vai sendo revelada, assim como sua multifacetada personalidade – notório mago, esmerado ladrão, amante viril, herói salvador, músico magistral, assassino infame.

Nesta provocante narrativa, o leitor é transportado para um mundo fantástico, repleto de mitos e seres fabulosos, heróis e vilões, ladrões e trovadores, amor e ódio, paixão e vingança.

Mais do que a trama bem construída e os personagens cativantes, o que torna *O nome do vento* uma obra tão especial – que levou Patrick Rothfuss ao topo da lista de mais vendidos do *The New York Times* – é sua capacidade de encantar leitores de todas as idades.

O temor do sábio

Lembre-se de que há três coisas que todo sábio teme: o mar na tormenta, uma noite sem luar e a ira de um homem gentil.

O temor do sábio dá continuidade à impressionante história de Kvothe, o Arcano, o Sem-Sangue, o Matador do Rei.

Quando é aconselhado a abandonar seus estudos na Universidade por um período, por causa de sua rivalidade com um membro da nobreza local, Kvothe é obrigado a tentar a vida em outras paragens.

Em busca de um patrocinador para sua música, viaja mais de mil quilômetros até Vintas. Lá, é rapidamente envolvido na política da corte. Enquanto tenta cair nas graças de um nobre poderoso, Kvothe usa sua habilidade de arcanista para impedir que ele seja envenenado e lidera um grupo de mercenários pela floresta, a fim de combater um bando de ladrões perigosos.

Ao longo do caminho, tem um encontro fantástico com Feluriana, uma criatura encantada à qual nenhum homem jamais pôde resistir ou sobreviver – até agora. Kvothe também conhece um guerreiro ademirano que o leva a sua terra, um lugar de costumes muito diferentes, onde vai aprender a lutar como poucos.

Enquanto persiste em sua busca de respostas sobre o Chandriano, o grupo de criaturas demoníacas responsável pela morte de seus pais, Kvothe percebe como a vida pode ser difícil quando um homem se torna uma lenda de seu próprio tempo.

O estreito caminho entre desejos

Bast é um Encantado, vindo do reino das fadas, e uma de suas maiores habilidades é fazer acordos. Vê-lo negociar é como observar um artista em ação.

Embora não se importe com as leis dos homens, ele é obrigado a seguir leis mais antigas e profundas e acaba caindo numa armadilha. Apesar de sua inteligência e cautela, Bast se vê forçado a escolher entre dois caminhos: trair a confiança de seu mestre ou ajudar um inimigo detestável.

Nesse livro, vamos acompanhar o mais charmoso dos Encantados ao longo de um único dia enquanto ele faz tramoias pela pequena cidade de Nalgures, fugindo com destreza dos problemas, seguindo seu coração mesmo quando isso vai contra o bom senso.

Afinal, de que adianta cautela se ela o mantém longe do perigo e da emoção?

CONHEÇA OUTROS TÍTULOS DA EDITORA ARQUEIRO

Outlander – A viajante do tempo
Diana Gabaldon

Em 1945, no final da Segunda Guerra Mundial, a enfermeira Claire Randall volta para os braços do marido, com quem desfruta uma segunda lua de mel em Inverness, nas Ilhas Britânicas. Durante a viagem, ela é atraída para um antigo círculo de pedras, no qual testemunha rituais misteriosos. Dias depois, quando resolve retornar ao local, algo inexplicável acontece: de repente se vê no ano de 1743, numa Escócia violenta e dominada por clãs guerreiros.

Tão logo percebe que foi arrastada para o passado por forças que não compreende, Claire precisa enfrentar intrigas e perigos que podem ameaçar a sua vida e partir o seu coração. Ao conhecer Jamie, um jovem guerreiro das Terras Altas, sente-se cada vez mais dividida entre a fidelidade ao marido e o desejo pelo escocês. Será ela capaz de resistir a uma paixão arrebatadora e regressar ao presente?

Princesa das cinzas
Laura Sebastian

A jovem Theodosia tem seu destino alterado para sempre depois que seu país é invadido e sua mãe, a Rainha do Fogo, assassinada. Aos 6 anos, a princesa de Astrea perde tudo, inclusive o próprio nome, e passa a ser conhecida como Princesa das Cinzas.

A coroa de cinzas que o kaiser que governa seu povo a obriga a usar torna-se um cruel lembrete de que seu reino será sempre uma sombra daquilo que foi um dia. Para sobreviver a essa nova realidade, sua única opção é enterrar fundo sua antiga identidade e seus sentimentos.

Agora, aos 16 anos, Theo vive como prisioneira, sofrendo abusos e humilhações. Até que um dia é forçada pelo kaiser a fazer o impensável. Com sangue nas mãos, sem pátria e sem ter a quem recorrer, ela percebe que apenas sobreviver não é mais suficiente.

Mas a princesa tem uma arma: sua mente é mais afiada que qualquer espada. E o poder nem sempre é conquistado no campo de batalha.

CONHEÇA OS LIVROS DE PATRICK ROTHFUSS

A Crônica do Matador do Rei

O nome do vento (livro 1)
O temor do sábio (livro 2)

A música do silêncio
O estreito caminho entre desejos

Para saber mais sobre os títulos e autores da Editora Arqueiro,
visite o nosso site e siga as nossas redes sociais.
Além de informações sobre os próximos lançamentos,
você terá acesso a conteúdos exclusivos
e poderá participar de promoções e sorteios.

editoraarqueiro.com.br